引っ越し大名三千里

土橋章宏

時代小説文庫

角川春樹事務所

目次・地図・章タイトルデザイン：かがやひろし
イラスト：松本孝志

引っ越し大名三千里

目次

引っ越し大名三千里

引っ越し大名の旅路

寛永十九年（一六四二）松平直矩、生誕

❶回目 正保元年（一六四四）越前大野藩 ▼ 出羽山形藩

❷回目 慶安元年（一六四八）出羽山形藩 ▼ 播磨姫路藩

国替え中に父が死亡。七歳で藩主を継ぐ。

❸回目 慶安二年（一六四九）播磨姫路藩 ▼ 越後村上藩

❹回目 寛文七年（一六六七）越後村上藩 ▼ 播磨姫路藩

❺回目 天和二年（一六八二）播磨姫路藩 ▼ 豊後日田藩

❻回目 貞享三年（一六八六）豊後日田藩 ▼ 出羽山形藩

❼回目 元禄五年（一六九二）出羽山形藩 ▼ 陸奥白河藩

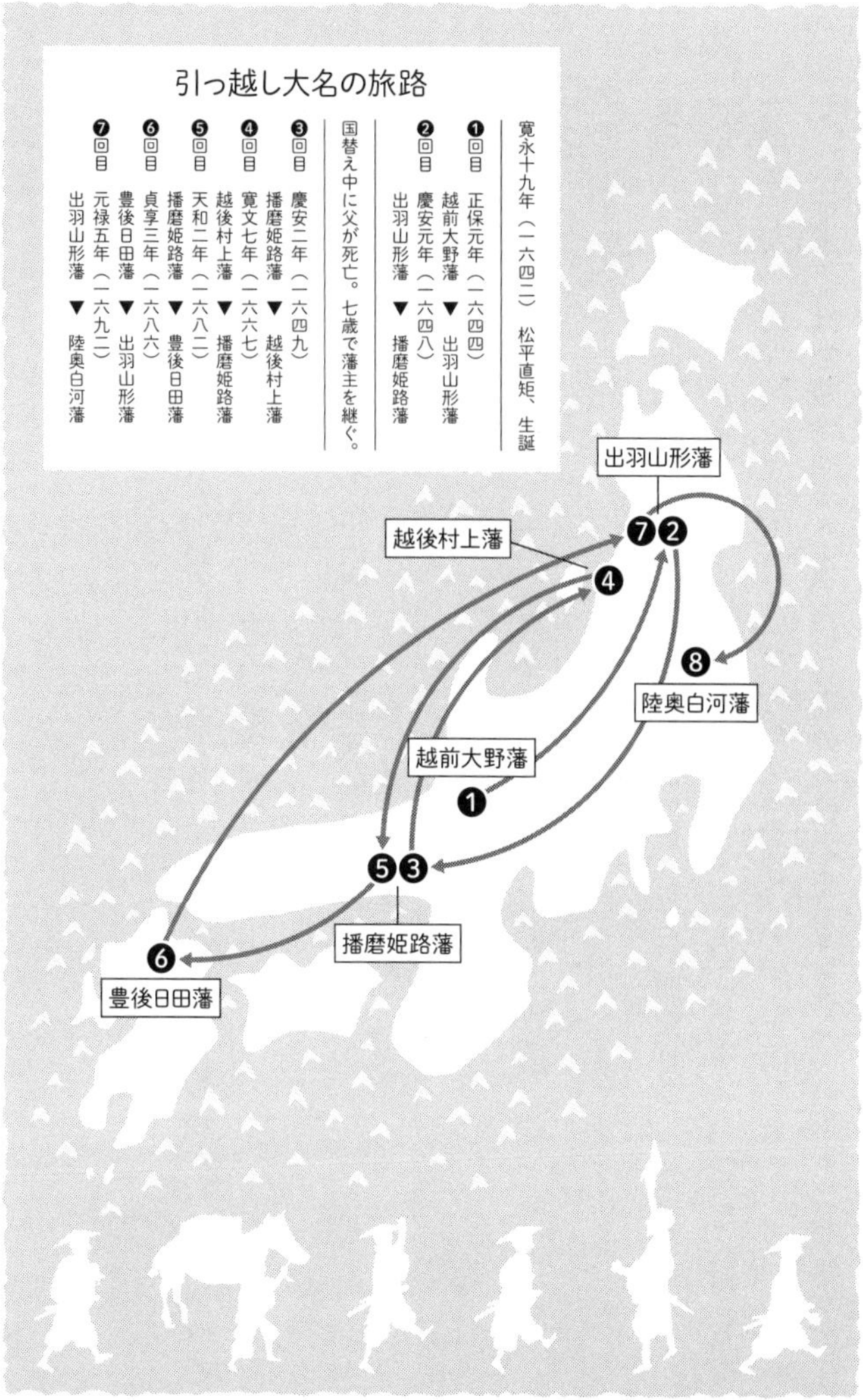

一　運命

松平《まつだいら》直矩《なおのり》がようやく物心ついたのは、慶安二年（一六四九）、姫路から越後国《えちご》への移動中、大名駕《か》籠《ご》の上であった。

「どこへ行くの？」

まだ八歳だった藤松丸《ふじまつまる》（直矩の幼名）は無邪気に尋ねた。

母はつらそうに答えた。

「国替えなのです」

「国替えって？」

「つまりね、お引っ越し」

「なんだ、引っ越しかぁ」

藤松丸は無邪気に笑った。その姿を見て、母はそっと目頭を押さえた。

藤松丸が生まれてからすでに三度も国替えがあった。三歳のときに越前大野（福井県大野市）から山形へ、七歳のときには山形から姫路へと転封された。

父、松平直基《なおもと》は姫路へ向かう途上、移動の苦難の中で他界し、藤松丸はわずか七歳で家督を継ぐこととなったのである。

だが不幸はそれだけでは終わらなかった。姫路に着くやいなや、主君の死を悲しむ間もなく、お披露目や挨拶、その地の領民への対応など目の回るような忙しさに追われ、ようやく引き継ぎも終わって落ち着けるかと思ったとき、またも幕府が国替えを命じたのである。

江戸家老が血相を変えて老中にその由を尋ねたところ、姫路藩は西国の抑えとなる要地であり、それを治めるには藤松丸がまだ幼すぎるという理由だった。西には毛利、島津《しまづ》など、関ヶ原のあとも力を維持している大名たちがおり、松平直矩では危ないと考えたらしい。

そうして次の国替えの行き先は越後村上（新潟県村上市）と決まった。五年という短い間に三度の大がかりな引っ越しがあったということである。国替えの巨額な費用により、藩の財政の窮乏は甚だしかった。


「引っ越しはどこまで行くの？」

「越後の国です」

「越後……？」

藤松丸にはそれがどこであるかわからなかったが、外に出て遊びたかった。駕籠の中に置かれている玩具《おもちゃ》や絵草紙にもすでに飽きが来ている。

「早く着くといいなぁ」

藤松丸の無邪気な声に母は答えなかった。この先まだ十日を越える旅路が待っている。

旅路で父を亡くし、跡を継いだ後すぐにまた旅へと出て行かざるをえなかった松平直矩は、そのあとの生涯でも何度も国替えを命じられ、引っ越しばかりさせられることになった。

藤松丸は成人して直矩と名乗り、寛文七年（一六六七）、ようやく姫路に復帰した。このときの転封も遠国ゆえ大変なものであったが、藩にとっては慣れ親しんだ我が家への帰還でもあり、若い直矩の指揮の下、家中の者が団結して何とか乗り切った。これが直矩の四度目の引っ越しである。

だが、もうさすがに国替えもないだろうと思えた天和二年（一六八二）、悲劇が起こった。

「一大事にございます！」

目黒で鷹狩《たかが》りをしていた直矩のところに血相を変えて馬を飛ばしてきたのは江戸家老の佐々木晋五郎《さ さ き しんごろう》であった。

「なんじゃ、こんなところに。獲物が逃げるではないか」

歳を取るにつれて太ってきた直矩は、このところ毎日、鷹狩りや芝居見物に出かけ、遊興にうつつを抜かしていた。参勤交代で一年間江戸に滞在している間はとくに誘惑が多く、江戸屋敷を空けがちになっている。

「こんなことをしている場合ではありません。留守居役からの知らせによると、国替えのご沙汰が出そうなのです。しかも減封という噂《うわさ》にございます」

「なに⁉」

直矩は唖然《あぜん》とした。あまりの事態に考えが追いつかなかった。

(減封だと?)

兎《うさぎ》を仕留めて帰ってきた大きな鷹が左腕に着地し、直矩は思わずよろけた。

「いったいどういう理由だ。わけを申せ！」

「それが……、越後のことにございます」

「おお、あれか。その件ならもう、上様から喧嘩《けんか》両成敗の沙汰が下ったではないか」

「それが喧嘩の当事者だけでなく、喧嘩の仲裁をした者にも不手際があったと……」

「むむ」

直矩は唸《うな》った。越後のこととは、越後国高田藩で起こったお家騒動で、いわゆる〈越後騒動〉のことである。直矩は高田藩主・松平光長《みつなが》のいとこであり、この騒動の仲裁に携わった。

だが、仲裁と言っても先の大老・酒井《さかい》忠清《ただきよ》と処置を少し相談しただけであり、単に親戚の尻ぬぐいに奔走しただけなのだが、幕府の和解案さえはねつけて燃えさかった家中の争いの炎はことさら大きかった。

また、五代将軍となった綱吉《つなよし》が、先代の将軍家綱《いえつな》の跡目争いの件で酒井忠清を深く恨んでいたことも災いした。綱吉は酒井忠清の決定の全てを覆すことに血道を上げていたので、越後騒動も再審査され、前とはおおよそ逆の裁定をしたのである。

その結果、酒井の意を汲《く》んで謀反派を処置した直矩にも火の粉が飛んだ。いわば江戸城の権力争いの巻き添えである。

「して、どこに行けというのだ?」

「行き先は豊後《ぶんご》日田《ひた》(大分県日田市)であろうということでございます」

「なに、海を渡れとな?」

直矩は呆気《あっけ》にとられた。越後の次は遠く九州まで行かねばならないというのか。

「それだけではございません。こたびの国替えは減封となります。石高は七万石ほどに減らされるらしく……」

「なんと！　半分以下ではないか」

直矩の顔は蒼白《そうはく》となった。江戸屋敷の外交を一手に担う留守居役が老中筋を探ったのなら、まず間違いはない沙汰だ。姫路からはるか遠い豊後に飛ばされるだけではなく、十五万石が半減し、七万石になってしまうのである。ただでさえ引っ越し自体に巨額の費用がかかるというのに、多数の藩士を抱えたままでは藩の経営が行き詰まるのは目に見えている。単純に考えれば、藩士の半数には侍をやめてもらわなければならないだろう。

「堀田《ほった》正俊《まさとし》殿を頼ることはできぬのか」

直矩は歯の隙間から声を絞り出すように言った。堀田正俊は酒井忠清亡き後、急速に力を得て大老になった。

「なにせ上様の一声ゆえいかがでございましょう……。やるだけはやってみますが」

「賄《まいない》を用意せよ。江戸屋敷にあるありったけの小判を詰めてな」

直矩は鷹匠に鷹を渡すと、愛馬に飛び乗った。至急対策を練らねばならない。

翌日、江戸城に出仕した直矩はさっそく表坊主に案内させ、老中御用部屋へと向かった。

その途上、廊下ではっとするような美しい若侍とすれ違った。美しい黒髪と白い肌。青々と剃《そ》られた月代《さかやき》がまたそそる。妖しい切れ長の目が直矩を一瞥《いちべつ》したとき、思わず声をかけてしまった。

「そなた……」

「なんでございましょう」

若侍は凛《りん》とした物言いをした。利発さが表にあふれ出ている。美少年好きの直矩は思わず唾を飲んだ。このような誇り高い若者を組み敷いたらいかがなものか——。

「その……、堀田様の御用部屋はどちらであったかな」

直矩は若者の白い首筋をじろじろ見ながら聞いた。

案内の表坊主が眉をひそめる。

「この先を左です」

若侍が答えた。その眼光の鋭さが尋常ではない。無礼はけして忘れぬとでもいうような暗さを感じた。

「か、かたじけない」

「では」

さっと立ち去った若者のあとにはわずかに白檀《びゃくだん》の香りが残った。

「おい。あれは誰か……」

「小納戸役の柳沢吉保《やなぎさわよしやす》様です。あの方はおよしなされ」

表坊主が声を潜めた。

「なぜだ？」

「……そんなことより今は藩の大事でしょう」

「む、そうか。そうであったな」

直矩は急に現実に引き戻され、襟元をただした。

（さすがは表坊主よ。城の噂をよく知っている）

直矩が堀田にとりなしを頼みに行くのは、すでに露呈しているのだろう。この懇願が不発に終われば、藩士の多くが路頭に迷ってしまう。

直矩は緊迫した面持ちで御用部屋へ訪れた。

中に通されると、堀田は忙しく何かの書面を調べていた。

「堀田様。実は……」

直矩が口を開きかけたとき、堀田はこちらも見ずに、すぐさま言った。

「無理じゃ」

「堀田様。まだ何も言うておりませぬ」

「わしを馬鹿と思うのか。越後のことであろう」

「はっ。恐れ入りました、図星にございます。なにとぞ我らにお力添えを。このお礼はきっと……」

「何が図星じゃ。いくら金を積まれてもとりなしはできん」

堀田はこちらを向いて皺《しわ》だらけの顔をしかめた。

「あの……。なぜでございますか」

「上様がけして許さぬということよ。とりなせばわしまで咎《とが》があろう」

「しかし越後のことは、我らにはどうしようもないことでありました」

「そのようなことはままある。知らぬわけでもあるまい」

「しかし、あまりにも……」

直矩は口ごもった。松平の名を持つ直矩は、家康《いえやす》の子、結城《ゆうき》秀康《ひでやす》の直系である。その自分が越後の巻き添えで減封までされてしまうのはやりすぎではないか――。

その心を読んだように堀田は続けた。

「お主だけではない。出雲《いずも》の松平近栄《ちかよし》も同じく減封じゃ。越後藩の騒動の当事者たちには、すでに切腹や島流しの沙汰が出ておる。上様は断固たる処置を見せることに意義を見出《みいだ》しておられるのだ」

「むむ」

直矩はまたも唸った。運が悪いとしか言いようがない。連帯責任ということでもあろう。万策尽きた。藩の財政が傾けば、好きな歌舞伎にも行けなくなる。昨日までは芝居茶屋で好きなだけ羽を伸ばせたのに、今や藩の崩壊が目の前だ。

「ま、いつかは上様のお怒りもとけよう。それまで我慢せい」

それだけ言うと堀田はまた書類仕事に戻った。

外は雪が降っていたが、逃れようのない運命を悟った直矩のこめかみには汗が浮いていた。


途方に暮れて江戸屋敷へ帰った直矩に、さっそく江戸家老の佐々木が詰め寄って来た。

「首尾はいかがでございましたか」

「ふん。かすりもせぬわ」

直矩は投げやりに首を振った。返事を聞いて佐々木の肩も落ちた。直矩の生涯五度目の引っ越しは本決まりで、もはや逃れようがなかった。

「こうなったらやるのみよ。なあに、引っ越しの多い我ら、こたびも見事国替えして見せようぞ！」

直矩が半ばやけくそで叫んだ。

「できるでしょうか……」

佐々木が老中と同じようなしぶい顔をした。

「お主までそんな顔をするでない。こんなときのために板倉《いたくら》がおるのではないか」

直矩が板倉重蔵《じゅうぞう》の頼もしい顔を思い浮かべながら言った。かつて度重なる国替えの際、下士ながらも家中をしっかりと支え、最小の手間で引っ越しを見事に成功させてきた藩の立役者である。

「残念ですが、板倉は亡くなりました」

「なに⁉　いつだ」

直矩は血相を変えた。

「先月のことにございます、もう五十を過ぎておりましたゆえ、大往生とのことでした」

「まことか……。し、しかし跡取りがおろう？」

「いえ。娘はおりましたが嫡子はおりませんで……。それに、あのようなつらい役目、養子を取って継がせるのにはしのびないとよく漏らしていたそうです」

「ではどうするのだ！　国替えは板倉がいたからうまくいっていたのではないか」

「引っ越しの覚え書きなど遺しておればよいのですがな」

「むむ」

直矩は腕を組んだ。国替えには複雑な手続きがいくつもあり、たっぷりと費用もかかる。この一大事に、引っ越しの手練《てだ》れがいないのは痛かった。移封先との交渉は江戸留守居役に任せるとしても、国元で引っ越しの采配を振るものがどうしても必要である。

「佐々木。国元に誰か優秀な者はおらぬのか。板倉に代わるような切れ者が……」

「国家老の本村《もとむら》に任せるしかありますまい。ともかく我らは江戸でできることをやりましょう」

「仕方ないことよ。本村はきっと抜かりなく立派な者を選んでくれるであろう」

直矩は期待をこめてつぶやいた。

二　かたつむり

姫路城でも重臣たちが額を寄せ合い、対策を練っていた。江戸からの知らせは国元にも多大な衝撃をもたらした。

「まさか七万石になろうとはな……」

国家老、本村三《さん》右《え》衛門《もん》が愚痴るように言った。先程からため息とともに何度も同じつぶやきを漏らしているのである。藩の重臣たちもその場にいたが言葉もなく、大天守の広間は葬式のように静かだった。

「七万石か……」

本村がまた言ってうつむいた。

「本村さま」

次席家老の藤原《ふじわら》修蔵《しゅうぞう》がようやく重い口を開いた。

「減封もつろうございますが、まずは国替えの費用を捻出せねばなりませぬ」

「うむ。そうだったな」

本村の顔がさらに渋くなった。

「こうなると板倉を亡くしたのはまことに痛うございました」

「まさに。この難しい国替えを今、差配できる者がいるのかどうか……」

本村が重臣たちを見回したが、誰も目を合わせる者はいなかった。皆その過酷さを知り抜いている。国替えの多い藩では、仕切りを失敗して腹を切らされる者も少なくなかった。自分から進んでやろうという者など一人もいない。

「あの、かたつむりはいかがでございますか？」

末席に座っていた御刀番の鷹村源《たかむらげん》右衛門《えもん》が声を上げた。

「かたつむりだと？」

本村がじろりと鷹村を見やった。その顔の下半分を濃い髭《ひげ》が覆っており、剣の道を極めた眼光は鋭い。

「はっ。それはあだ名でございまして、本当の名は片桐春《かたぎりはるの》之介《すけ》と申します」

「片桐？　まさかあの出来損ないの書庫係か」

大目付の鳥居《とりい》平《へい》右衛門《えもん》が眉をひそめた。

「いかにも、あの片桐でございます。家格はよいものの、たいした役にもついておらず、ここは妥当かと」

鷹村は言った。実の所、役についていないのではなく、役につけられないほど問題のある男なのだが、それについては黙っておいた。

「片桐……。片桐啓次郎《けいじろう》の子息か。そういえばそんな者がいたような気もするな」

「長く書物を読み込んでおりますゆえ、諸事にうんちくがありましょう」

「それはいいかもしれませぬな」

「そのような才を何も遊ばせていることはない」

他の者も口々に言った。内心では、減封での国替えの差配などという誰がやっても失敗するような恐ろしい役目からなんとしても逃れたいということである。片桐という男に押しつけるのは気の毒だが、誰しも保身の気持ちが良心の呵責《かしやく》を上回った。

もっとも鷹村だけは本気で片桐を推薦している。そこには幼なじみの情があった。

「なるほど。ではその片桐にやらせてみよう」

本村が意を固めた。

当の片桐春之介は不在のうちに、もっともつらい役目を押しつけられることになったのである。

「おい、いるか、かたつむり？」

東小天守の三階の片隅にある埃《ほこり》っぽい書庫に鷹村の声が響いた。

「いませんよ」

「馬鹿。いるじゃないか」

鷹村が笑いながら入ってきた。

「なんの用ですか」

春之介は顔をしかめた。この男が来ると、まずろくなことがない。本人は親切のつもりだろうが、妙な遊びに連れて行かれたり、変な女を紹介されたりと、付き合うといつも春之介が不愉快な思いをすることになる。しかし、家が隣同士で鷹村が二つ上の幼なじみということもあり、たびたびこの男は春之介を外に連れ出そうとする。春之介にとっては実に迷惑な男であった。

「喜べ。お前に役が付いたぞ」

「役ですって?」

顔を上げると、積み上げた本の隙間からぎょろりと鷹村の目がのぞいた。

「俺の推薦だ」

「お断りします。私はすでに書物の整理を申しつかっていますから」

「だからその役目はもう終わったんだよ」

鷹村は書物の山に分け入って進んできた。

「いいにおいじゃないですか。紙と墨と年月が織りなす恬淡《てんたん》な香り……。心の底から落ち着きます」

「うっ……。黴《かび》くさいな」

「ま、それはどうでもいいから早く広間まで降りて来い。ご家老がお呼びだ。出世話なんだぞ」

「出世など、とんでもない！」

　春之介は慌てて手を振った。本当にこの場所から動きたくない。幼い頃から武術もそろばんもまったく駄目だった春之介は、藩始まって以来の鈍才と呼ばれ、我が親にも目を背けられた。春之介としても弟がいれば大喜びで家督を譲りたかったが、不幸なことに彼の後に生まれたのはすべて女、妹ばかりであった。「こんな不肖の息子がいるとはお家の恥です」と嘆く母に、「仕方ないさ」と父はいつもとりなしたが、四十の若さで病に倒れ、あっけなく死んだ。家のことは心残りであったろうが、春之介としてもできないものは仕方がない。

　藩の上層部も、上士たる春之介の扱いに困り、仕方なく、いてもいなくてもいいような蔵書整理の勤めを命じた。できが悪いだけでなく、男のくせに色白な瓜実顔《うりざねがお》で、人づきあいも下手と来ている。春之介もこれ幸いと城の書庫に引きこもってしまい、今では名字の片桐をもじられ、「かたつむり」と皆に呼ばれているありさまである。

しかし春之介は書庫の暮らしが心から気に入っていた。なにせ好きなだけ本が読める。誰かに期待されるのはもうたくさんだった。

しかしそんな春之介の思惑にもかかわらず、鷹村はいつもずかずかと書庫に踏み込んでくる。悪意がないだけに、よけい煩わしい。

「あきらめろ春之介。お前は今まで遊んでいたようなものではないか。今こそ、藩のために働くのだ。俺はお前を見込んでいる。さあ日の光の下に出ろ」

鷹村は春之介の襟首をつかんで引っ張り上げた。

「日の光なぞに当たると肌が痛くなります。出るならせめて日がなくなったとき。秋の夕暮れなどが最高ですよ」

「うるさい！　まだ年も始まったばかりではないか。四の五の言わずに来い。また母上を泣かせる気か？」

「嫌だなあ、もう……。それを言うのは卑怯《ひきょう》です。行きますよ。行けばいいんでしょう？」

春之介は重い腰を上げた。年少の上士の者が出世し、息子が俸禄《ほうろく》据え置きのままで抜き去られるたびに、母は嘆き、わめき、泣き、鷹村の母に愚痴をぶちまけるのだった。

しかし、今度の沙汰は出世であるという。それを聞けば母も喜ぶかもしれない。これも親孝行の一つかと春之介はあきらめ、暗い書庫を出た。できるだけ軽い役目だといいのだが――。

「うわ、まぶしい……」

外の光を浴びて、春之介は目を糸のように細めた。

「ほら、さっさと歩け」

鷹村に背中をどやされ、春之介はよろよろと階下に足を運んだ。

春之介がすくんだ足で広間に入ると、重臣たちが待ちくたびれていた。

(なんだ、上役が雁首《がんくび》そろえて)

春之介は居心地の悪い思いをしながら座った。出世の沙汰にしては皆の顔つきが異様に厳しい。どこか氷のような雰囲気が漂っている。

(何かまずいことが起こりそうだ)

春之介の極端に肥大した防衛本能が大きな危機を察知し始めていた。

「片桐春之介」

国家老の本村が口を開いた。

「はひっ」

春之介は思わず舌を噛《か》んでしまった。めったに人としゃべらないので、舌が重たるくなっている。あわてて口の中でぐるぐると舌を回した。

「お主を奉行とすることにした」

「は……？　奉行？　私がですか」

春之介はぽかんとした。奉行とは藩の役職の中でもかなり上の地位である。実績も実力も後ろ盾もない春之介がいきなり奉行になるとはいったいどういうことなのか。せいぜい小役人くらいだろうと思っていた春之介は大いに戸惑った。

「不服か」

家老に問われ、不服だと言いそうになったが、とっさに母の顔が浮かんだ。

「いえ、まあいいですが……」

「まあいいとは何事じゃ！」

「ひ、ひいっ！」

「きっちりつとめよ。お主は明日から引っ越し奉行である」

「引っ越し……奉行？」

春之介は首をひねった。引っ越し奉行などという役職は聞いたこともない。そもそも誰が引っ越しするのか――。

「聞け、片桐。実はな、我が藩は幕府より減封の沙汰を受け、豊後日田藩へ国替えとなったのだ」

「なんと。それは遠うございますな」

春之介は書庫で見た日本の絵図を必死に頭の中で開いて答えた。

「越後騒動の余波でな。致し方ないことよ」

「はあ……」

そこまで言われて春之介はようやく、はっと気づいた。

「ご家老さま。まさか、引っ越し奉行というのは……」

春之介の声が震えた。

「さよう。国替えの差配をいっさい、お主に任せる」

本村はぴしりと言った。

「お断りします！」

春之介は弾《はじ》かれたように立ち上がった。

（こんな無茶な役目をやらされたら死ぬ！）

春之介は広間の出口を目指して一目散に走った。

しかしすぐさま足に衝撃が来て、畳の上に激しく頰を打ちつけた。

「何をなされますっ！」

頰を手で押さえつつ後ろを見ると、重臣たちが春之介の足に組み付き、しっかり取り押さえていた。

「お放しください！」

春之介はもがいたが、哀《かな》しいかな、長年の引きこもり生活がたたり足腰がすこぶる弱い。到底、逃れることなどできなかった。

「見苦しいぞ、片桐」

「無理でございます。拙者にはそんな大役、到底無理……」

「ならば腹を切れ」

本村の大きい目玉が睨《にら》みつけた。

「ええっ！　そんな無茶な……」

「お主はこれまで藩のため、何かお役に立ったことはあるか？」

「それは……書庫の整理などを」

「ふん。書物など国替えで捨てざるをえまい」

「えっ、なんですって？　そんな馬鹿な……」

春之介は目の前が真っ暗になった。自分が心から愛したあの書物たちが捨てられてしまうとは……。

「だめです！　あれは先人たちの知恵がたっぷり詰まった大事なものであり……」

「知恵で飯が食えるか。そもそもお家の一大事に役目を逃れようとする男がそのようなでかい口を叩《たた》くでない！」

「うう」

本村は腰の脇差を抜き、くるくると懐紙を巻きつけると、押さえつけられた春之介の顔の前に置いた。

「さあ、いさぎよく切腹せよ。武士は主のために命を投げ出すが務め。できないとあらば生きる価値もない」

「そんな！」

春之介は冷たく光る刀身を見つめた。

（引き受けても断っても死ぬじゃないか）

何か辞退する理由はないかと必死に頭を巡らせたが、何も浮かばない。そうとなれば、せいぜい少し抵抗するばかりか――。

「あいわかりました。お引き受けいたします」

春之介は疲れた声で言った。もはや虎ばさみに捕らえられた兎の心境である。

「よし。それでこそ上士よ」

本村がようやく頬をゆるめた。

「ですが、役を仰せつかるに一つ条件があります」

「なに！」

次席家老の藤原修蔵が眉を怒らせた。

「かたつむりの分際で条件をつけるとは何ごとか！」

「よいよい。申してみよ、片桐」

とりなすように本村が言った。

「書物を残してください」

「は？」

「書物も一緒に引っ越しをさせて頂きたいのです」

春之介はきっぱりと言った。

「馬鹿な。先ほども言うたであろう。あれだけのもの、移動の邪魔になるだけじゃ」

本村が首を振った。

「障害にならぬよう、引っ越し奉行の面目にかけ差配いたします」

春之介は本村をまっすぐ見た。

「そんなことは無理じゃ」

「しかしご家老は先ほど、差配のいっさいを任せると仰せられました。もしや武士に二言がおありですか」

「むむ……」

思わぬ勢いで論破された本村はしばし押し黙り、やがて苦々しく言った。

「ならばそれは許そう。しかし書物が引っ越しの邪魔となれば承知せぬぞ。これからしっかり役目を果たせ。粗相あれば重く処罰するゆえ、そう心得よ」

「承知しました」

春之介は押さえつけている者たちを振り払うと、立ち上がって広間を出た。そのまま大天守を出て、東小天守の階段を駆けのぼり、なつかしの書庫へと帰る。

「無理だ！」

春之介は古い畳の上で泣き伏した。

しかし、ずっと泣き続けていると、まるで慰めてくれるように優しい書物の香りがひそやかに押し包んできた。

春之介は仰向《あおむ》けになり、書物を枕に目を閉じた。

「何があってもお前たちは守ってやるからな」

春之介はつぶやくと、いつしか眠り込んだ。


しばらくして春之介が目を覚ますと、日はすでに暮れていた。急ぎ帰らぬと城の正門が閉まり遠回りをすることになる。

春之介は慌てて東小天守を駆け下りると我が家に帰った。

家は二間の武家長屋で、妹たちは嫁に行き、今は母と二人暮らしである。

「遅かったですね。また上役の方に叱られたのではないですか。あなたって子はほんとにもう。これでは片桐の家もきっとあなたの代で終わり……」

母の波津《はつ》は帰ってきた息子の顔を見るなり、いつものように愚痴混じりの説教を始めようとした。

「出世したよ」

春之介はぶっきらぼうに言った。

「ほんとに駄目な上に愚図で何一つ努力もせず……えっ？」

波津の言葉が行き場を失って空回りした。

「明日から奉行だってさ」

波津が目をまん丸に見開いて固まった。

「めしはいらない。寝る」

春之介は足早に寝間へと向かった。

「何ですって？　何と言いました？　今まさか奉行と言いましたか？」

波津が猟犬のように追ってきて、春之介の布団を引きはがし、しつこく事の成り行きを聞いた。

翌朝、春之介が起きると、膳には春之介が見たこともないほど豪華な食事が並んでいた。赤飯にはまぐりの味噌汁《みそしる》、小皿に栗きんとん、大皿には鯛《たい》の尾頭つきがのっている。

「なんだよ、これ？」

「ここまで奮発したのはお食い初め以来です」

波津の顔は喜びに上気していた。

「お食い初め？」

「つまりお前が赤ん坊のとき初めて食べた膳ですよ」

「ふむ……」

春之介が膳につき鯛の身を口に運ぶと、舌の上にほっこりと潮の香りが広がった。

（これはうまい。つまり、私は生まれてから今まで、母に祝われるような働きを何もしてこなかったということだな）

ふと波津を見ると、ほころびた手拭いで潤んだ目をこすっているところだった。きっと母は息子のために何度もこのように腕をふるいたかったのだろう。しかし春之介は期待を裏切り続け、波津は悲しんでばかりだった。

白髪の混ざり始めた母の丸髷《まるまげ》を見つつ、自分はずいぶん親不孝だったなと、胸が痛んだ。

飯を平らげると、火熨斗《ひのし》の効いた羽織に袖を通し、春之介は登城した。これまでは城に向かう同僚たちと会わずに済むよう半刻（約一時間）ばかり遅れて出仕していたが、今日は城門で混み合う人いきれにむせた。

（やはり人混みは苦手だ）

春之介は口を袖で覆って足早に門を通り抜け、書庫の反対方向にある西小天守へと向かった。

姫路城には三つの小天守があり、それぞれ東小天守、西小天守、乾《いぬい》小天守と呼ばれている。その真ん中に、〈天空の白鷺《しらさぎ》〉と誉れも高い大天守がそびえていた。

春之介は真っ白な大天守を見上げた。かつて羽柴秀吉《はしばひでよし》が居城とし、出世の拠点となったことから、姫路城は出世城とも呼ばれる。

（しかし私は出世などしたくなかった）

春之介はため息をついた。あたりさわりなく小禄を食《は》み、静かに生きていきたかったのである。

（引っ越し奉行などという大役が自分に務まるのだろうか？）

春之介は行くようにと沙汰されていた三階の御用部屋に入った。

しばらく使われていなかった様子の部屋には、新しい畳の香りがまだ漂っている。

書庫の黴くさい空間とは別ものだった。

分厚い座布団に腰を下ろすと、すぐに奥女中が茶を運んできた。さすがに奉行となると待遇も違う。

（それでも書庫には一人の気楽さがあった）

春之介が一人きりの部屋に思いを馳《は》せ、残念がったとき、

「片桐。入るぞ」

と声がかかり、次席家老の藤原修蔵が顔を出した。

「お早うございます」

春之介は頭を下げて挨拶した。

「早くない。今は藩の一大事ぞ、わしなぞ一刻前から出仕しておるわ」

「はっ、それはご苦労なことで……」

「馬鹿者！　お主ももっと早く来いと言っておるのだ。早速、勤めに移るぞ。覚悟はできておるか」

「はっ」

殊勝に答えたものの、何をどうやるべきか、さっぱりわからない。春之介自身、十五年前、まだ子供のときに越後から姫路へと歩いて引っ越しした記憶はあるが、親に手を引かれてついて行っただけである。藩の引っ越しの実際など知るよしもない。

「片桐。国替えでもっとも困難なことはなんと心得る」

藤原が鋭い目をして聞いた。

春之介は人から向けられる視線がひどく苦手であるため、思わず目をそむけかけたが、なんとかこらえて見返した。

「よくわかりませぬが、まずは簞笥《たんす》や大砲など、重いものの運搬でございましょうか」

「たわけが！」

藤原が怒鳴った。

「一番大変なのは引っ越し費用の捻出に決まっておろう。荷物など馬に引かせれば動かぬものはない。お主、我が藩の引っ越しにいったいいくらかかると思うておる？」

「引っ越しの費用でございますか……」

春之介は腕組みした。まるで見当がつかない。しかし、かつて国替えの際に配られた〈家中引料〉というものをふと思い出した。引っ越しのための個別費用である。上士である春之介の家にも五十両ほどが支給された。

もっとも、それでは足りず、藩から金を借りて何とかしのいだのである。

春之介は単純に百倍して答えた。

「五千両ほどでございましょうか？」

「たわけが！　けたがちがう」

「えっ？」

「少なく見積もっても二万両よ」

「そんなに……」

春之介は頭がくらくらした。そもそも二万両と言ってもまるで見当がつかない。貧乏な春之介には一両すら自由にならないのだから。

「その、巨額の金策が何よりもきついのじゃ」

そう言った藤原の顔に濃い陰影が浮いた。

「我が藩の金蔵にはいかほどあるのですか」

「……まずは七千両ほどであろうな」

「は？　それではまるで足りませんが、どうするのですか？」

「なんでもすぐ人に聞くな。ないとなれば借りるしかないであろう」

「あの……。それは誰に？」

藤原が春之介を睨んだ。

「金貸しか、商人か……。それを考えるのがお主の役目でもある」

「えっ……」

春之介は驚愕《きょうがく》した。今までろくな役にも就かず、ただ書を読むしか楽しみがない男である。金を借りるつてなど、あるはずもない。

（無理だ。やっぱりこの役目はなんとかして断ろう）

春之介の胃は痛んだが、今朝、あれほどの馳走《ちそう》を作って笑顔で送り出してくれた母の涙も思い出された。就任してさっそく逃げ帰ったと知ったら、その落胆はいかばかりであろう。

「国替えまでの猶予はふた月である。できるか？」

たたみかけるように藤原が言った。

「ふた月、ですか」

「さよう」

春之介は目を閉じて沈思した。三千人以上いる藩士の引っ越しを全て差配するなど無理に決まっている。しかしやるしかない。今まで、〈かたつむり〉のあだ名のごとく殻にこもってひっそり生きてきたが、さすがに今度はやりすごせない。恐ろしい現実がついに春之介をがっちり捕らえたのだ。

「やります」

春之介はあきらめきって答えた。

「ほう。やれるか」

藤原が意外そうな顔をした。春之介がこの難題にはっきりと返事をしたことに驚いたらしい。

「では頼むぞ。金策も大事だが、倹約もまた肝要じゃ。何せ今度は減封よ。藩士をそのまま全て連れて行くわけにもいかぬだろう。武士をやめよと言い渡さねばならぬこともあろうな」

「もしやそれも私が……」

「決まっておろう。さっそくかかれ」

「はあ……」

藤原が立ち去ると、さっきまできれいに見えていた部屋が、とたんに牢獄《ろうごく》のように思えた。引っ越しだけでなく、仲間の首を切らねばならないとは――。

難問の大きさに圧倒され、吐き気がしたが、残された時も少なく、すぐ動かざるを得ない。

まずは藩とつきあいのある富裕な商人を調べるため、春之介は勘定方へ赴いた。

声をかけると勘定奉行の中西監物《なかにしけんもつ》はそろばんから顔を上げ、渋い顔で春之介を見た。

「引っ越しの金策でござるな。承知しておる。金を貸してくれそうな御用商人を当たり、目録にしておこう」

「ありがとうございます」

春之介が頭を下げた。今まで馬鹿にされていた春之介が人並みの扱いを受けるのは、やはり奉行という役職の力か。

（つまり人が誰かを判断するときは、人そのものではなく、肩書きをまず見るという

ことか）

　春之介は一つ学んだ気がして中西に微笑《ほほえ》んだ。

「しかしな、片桐殿。商人を全て合わせても金が足りるかどうか。なんせ……いや、なんでもない」

「何をおっしゃりかけたのですか。そのように奥歯にものの挟まったような言い方は気になりますが」

「なに、じきにわかる。目録ができるまで、まずは引っ越し費用の倹約を考えられてはいかがかな？」

「倹約ですか……」

「十五年前の国替えでかかった費用の記録なら残っておる。待っておれ」

　中西は御用部屋の奥に行くと、古い帳簿を引っ張り出してきた。

「これを参考にして金策するがよかろう」

「なるほど……」

　春之介が帳簿をめくってみると、引っ越しにかかる費用の、およその振り分けが書いてあった。もっとも、作業をどこの誰に頼んだかは書かれていない。金の動きのみである。

「引っ越しを差配する者により、費用は大きく変わる。腕の見せ所だぞ」

まるで他人事のように言って、中西はふたたびそろばんに顔を戻した。

(費用って言ったって、何をどうすればいいのだ。まるで見当がつかない)

立ち尽くした春之介はさっそく絶望を覚えた。

しかし落ち込んでいる暇はない。

まずは引っ越しとは何をするのか、それを調べようと思った。だが、金の記録はあっても、手順などはまるで残されていないようだった。

前の引っ越しの差配役、板倉の頭の中にはきっとその手順があったに違いないが、もはや鬼籍に入っている。

(手をこまねいていては、すぐに切腹だ)

そうなれば母がどれだけ嘆くことだろう。あの世で父に顔向けもできない。

そこまで考えて春之介は、はっと顔を上げた。

「そうだ！」

記録はなくても記憶ならまだ残っているかもしれない――。

三　於蘭

「そうですか。父の勤めをお継ぎに……」

春之介の不意の来訪を迎えた於蘭《おらん》が懐かしげに目を細めた。

於蘭は板倉重蔵の娘で、もう三十近くである。

春之介は遺族が何か覚えていないかと、城下にある板倉家を訪ねて来ていた。

「はい。何か手順書のようなものは残っていませんか」

「残念でございますが、父はそういうものを残しておらず……」

「そうですか」

春之介は肩を落とした。板倉の実家に手がかりが残っていないなら本当にお手上げである。

そんな春之介を見て哀れに思ったのか、於蘭が明るく言った。

「でも私も引っ越しを請け負う商店に文を書くことを手伝ったり、父の苦労話をいろいろと聞きましたので、覚えていることもございます」

「ほう。それはどのような……」

春之介は身を乗り出した。やはり誰かの記憶ならば残っているのか。藁《わら》をもつかむ気持ちであった。

「あの、よろしければ夕餉《ゆうげ》などいかがですか。もう日が暮れました」

於蘭がにっこりと笑った。

「はあ。飯ですか」

話の腰を折られ、春之介はつんのめった。

「父を亡くして以来、一人で暮らしておりますと、黄昏《たそがれ》どきがなんとも心細く……」

於蘭が寂しそうな顔をした。

人づきあいの苦手な春之介としては一人でいるのが楽しくてしかたないので、於蘭の暮らしがうらやましい限りだったが、なんとも皮肉なものである。

「さようでございますか。ではありがたく呼ばれましょう」

春之介は羽織を脱いだ。家では母がきっと夕餉を用意しているに違いないが、勤めのためなら仕方がない。「勤めが忙しいゆえ、飯はすませてきた」と言えば母も満足するだろう。今まで宴会や寄り合いの誘いは全て断り、外で飯を食うことなどなかったのだから。母が驚く顔を想像して春之介は少し気分がよくなった。

於蘭の用意してくれた飯は、焼いた鰆《さわら》に豆腐の田楽、あさりの味噌汁であった。姫路藩は海に近く、播磨灘《はりまなだ》の急流にもまれて身の締まった新鮮な魚が手に入る。

「これはうまいですね」

春之介は鰆の脂で舌を光らせながら言った。母は焦げて固くなるまで魚を焼くが、於蘭の焼く鰆はどこかほっこりとしている。

「ありがとうございます」

於蘭がややはにかんで笑った。一人となってからは、料理を振る舞う相手もいなかったのだろう。嫁に行かなかったのが不思議だが、人と深い関わりを持つのは嫌なのでそんな面倒なことは聞かず、おいしい料理にありがたく舌鼓を打った。

「それで、引っ越しのことですが、板倉殿は差配をどのようにされていたのでしょう」

春之介は箸を休めて聞いた。

「やることはたくさんございます。私の覚えている限りを言いますと……。いえ、書き出したほうがよろしいですね」

於蘭は戸棚から紙を出して広げると、筆をとった。

一、郷村高帳《たかちょう》作成

二、城絵地図の仕立て
三、留守居役打ち合わせ
四、引っ越し人足の確保
五、家中女惣人高帳面作成
六、城明け渡し
七、引っ越し先下見
八、道中決定
九、荷物運搬
十、入城

「まずはこのような段取りになりましょうか」

「ほう……」

春之介はその目録を見たが、わからないことも多かった。

「郷村高帳とは何ですか？」

「これは簡単にいうとそれぞれの村での年貢の取れ高のことです。これを幕府に提出し、また今後、姫路を治める大名にも渡すのです」

「なるほど。来て早々、全てを検地していては大変ですからな。して、城絵図の仕立てとは？」

「城の案内です。たとえば城備え付けの武器はどこにあるか、台所や厠《かわや》はどうなっているか、部屋数はどうかなど、これも相手方の大名にお渡しします」

「ということは我々も転封先の城絵図をもらえるというわけですな」

「はい。そして城を受け渡すときは、家中屋敷や屋敷内の竹木を荒らしてはなりません。これは領内でも同じことで山林竹木に手をつけず引き渡します。もはや自家のものではなくなるのですから」

「入城したときに屋内が荒れていては恥ですからな」

「次に留守居役の打ち合わせですが……」

「待ってください。そのように一度にいわれても、頭がぐちゃぐちゃになります」

春之介は音を上げた。

「これはとんだ失礼を……。どうぞゆっくりお召しあがりください」

「ありがとうございます。なにせ初めてのことばかりでして」

春之介は飯を咀嚼《そしゃく》しながら、そこに書かれた段取りも嚙みしめた。もう味はわからなくなっている。

「こう眺めますと、倹約のしどころがあるのは、やはり引っ越し人足の代金でございましょうな」

「はい。引っ越しの運搬や片付けを実際にやるのは中間《ちゅうげん》や雇われの人足たちです。まずはその者たちを集めねばなりません。藩士がそれぞれ勝手に人を雇えば費用もかかりますが、父はそれらをまとめ、一括して口入れ屋で人を求めていました。まとめて大きな注文をすることで値引きをしてもらえたのです」

「なるほど、規模が大きいと、それだけ儲《もう》けも出ますからな」

春之介は矢立から筆を出し、帳面に書き留めた。引っ越しにかかる金のほとんどは、荷を運ぶ代金と移動する行程での路銀で、それらを減らせば自然と倹約になる。

「して、板倉さまはどこの店に運搬を頼んでいたのですか？」

「先の国替えで使いました口入れ屋は加西郡にある川北屋《かわきたや》です」

「それはいい！」

春之介は膝を叩いた。

「そこを使えば板倉殿と同程度の費用で引っ越しができるというわけですね」

春之介は顔をほころばせた。これは案外うまく片付くかもしれない。引っ越し巧者の板倉が使っていた店をそのまま使えば最大限倹約したといえるだろう。

「父も引っ越しを一手に取り仕切る店を見つけるのにはずいぶんと苦労をしていました」

「そうでしょうね。なにせこれほど大がかりな引っ越しとなると……」

「国替えがあるたび、父は三貫（約十一キロ）も痩せました」

「いずれ私もそうなりそうです」

春之介は苦く笑った。今朝からずっと胃がちくちくしている。

「今日は教えて頂いた上にご馳走にまでなってしまい、かたじけのうございました」

飯を食べ終えると、春之介は立ち上がった。

「また困ったことがあったらいつでもおいでください」

そう言った於蘭の目がなぜか潤んでいた。目にごみでも入ったのだろうか。しかし勤めの話が終わると、急に緊張してきて、一刻も早く家に帰りたくなった。女と部屋で二人きりでいるのも恐ろしい。

「では」

そそくさと外に出ると、春之介は早足で歩き出した。布団に頭から潜って早く現実から逃れたい。

「お待ちください！」

後ろから於蘭の響きのよい声がした。

「えっ？」

おどおどして振り向いた春之介の目の前に紙が差し出されていた。

「お忘れ物です」

それは於蘭が書いてくれた引っ越しの目録であった。きっと慌て者と馬鹿にしているに違いない。かつて鷹村が引き合わせてくれた女性たちも、要領の悪い春之介をことごとく見下したものだ。

「どうも」

口ごもって礼を言うと、

「お気をつけて」

と於蘭がにっこり笑った。そこには嘲りのかけらもない。

（私を馬鹿にしないとは変な人だ）

春之介は首をかしげつつ夜道を歩いた。

翌日、春之介はさっそく川北屋に向かった。「手土産くらい持っていけ」という鷹村の助言に従い、風呂敷に包んだ饅頭《まんじゅう》をその手に持っている。

だが店の軒先が近づいてくると、また胃の腑《ふ》に鈍い痛みを覚えた。藩の者ならともかく、見ず知らずの町人にものを頼むなど、なんとも敷居が高い。

(板倉殿の縁を頼りにするしかないだろう)

春之介は意を決して暖簾《のれん》をくぐったが、店主の反応は予想とは異なるものだった。

「板倉さま? さて、覚えがありませんな」

鼻の横に大きなほくろがある主人が首をかしげた。

「そんなはずはない」春之介は慌てた。

「十五年前、城への荷物の搬入をこの店に頼んだはず……」

「それはかなり前のことになりますね。しばしお待ちください」

主人は番頭を連れて奥へ行き、やがて古い帳面を手にしてもう一度出て来た。

「記録がございました。先代が荷役や運送の対応をしていたようです」

「そうでしたか。代替わりされていたのですね」

春之介はほっとした。これで荷物の運搬のことはなんとかうまく行くだろう。心の中で於蘭に感謝した。

「三年前から私、儀兵衛《ぎへえ》が勤めさせて頂いております」

若い主人が言った。

「ではまた引っ越しの仕事を受けて頂けますか」

「もちろんでございます。詳しい話は中で……」

儀兵衛が目を細めた。


居間に通された春之介は勘定奉行から写させてもらった帳面をめくった。かつての国替えの際の、藩の人数は三千百五十六人。運搬費用は、しめて一万両ほどであった。

「今回の引っ越しは前回の半分ほどの規模です。よって値段も一万両の半分、五千両でお願いしたいのですが」

「五千両ですか。それは無理ですね。これくらいは頂かないと」

儀兵衛がことともなげに弾いたそろばんは七千という数字を示していた。

「えっ、七千両……？」

春之介は目をむいた。

「はい。今ではものの値段も上がりました。五千両では到底無理でございます」

儀兵衛がうやうやしく頭を下げた。

「なんと。しかしそれでは……」

それでは、城の蔵にある金の全てではないか——。

「先代はずいぶん値引きしていたようですが、なにぶん最近の景気の悪さときたらどうしようもなく……。私らの代ではしっかり商売をやらせて頂きたいのですよ。私たちも女房子供を食わせねばなりません。ご心配なさらなくても仕事はきっちりやらせて頂きますので」

「ううむ。しかしこの費用ではちょっと難しい。持ち帰ってもう一度考えさせてもらいます」

春之介は席を立った。

「どうぞお気をつけて。いいお返事をお待ちしております」

儀兵衛がにこやかに言った。

春之介は唇を噛んで、城へ引き返した。

代金がまるで合わなかったのもさることながら、店の主人が、どこかこちらを見下しているような雰囲気であったのが気になった。

「はっはっは。それはな、お前が舐《な》められているのだ」

夜、下城後に寄った一杯飲み屋の席で鷹村が豪快に笑った。

「そうでしょうか」

「そうだとも。足元を見られているんだよ。どうせ川北屋だけが頼り、なんて顔で行ったんだろ？」

「しかし、まさに川北屋だけが頼りなんです」

酒の味もわからずに春之介は言った。

「本当に馬鹿だのう……。やっぱりお前のような世間知らずがやる役目ではなかったのかもしれん」

「これでも精一杯やってるんです！」

「精一杯やって褒められるのは子供のときだけさ。一人前になるには結果ってやつが必要なんだ」

「ぐぬ……」

「しかしお前を奉行に推薦した俺にも責任はある。よし、ひとつ手伝ってやろうじゃないか」

「本当ですか？」

春之介が赤い顔を上げた。

「お前の兄貴分としては放ってはおけないさ」

「むむ」

春之介は唸った。

（いつもいつも大きな顔をして）

そう思いながらも鷹村が味方についてくれるのはやはり心強かった。

「明日、川北屋に行くぞ。商人の分際で武士にたてつくとは愚かな奴。思い知らせてやる」

「無茶をしないでくださいね。まずは穏便に……」

「世の中にはな、こっちの力をはっきり見せないと対等に話さない者もいるのだ。よく覚えておけ」

鷹村は不敵に笑った。


翌朝、春之介は登城するとすぐに郡代（領地領民をとりまとめる役目の者）のところに行き、郷村高帳作成の手伝いを依頼するとともに、城下で荷役と運送を担当できそうな商家を調べてもらった。こうなったら川北屋が駄目だったときのことも考えねばならない。

郡代の話では、城下に運搬を担当できそうな商家が他に二軒あったので、さっそく訪ねていった。

長い書庫暮らしで読んだ兵法書の〈孫子〉には「敵を知り己を知れば百戦危うからず」とある。相手の手の内はわかったので、今度はこちらの打てる手を知る必要があった。十五年前の引っ越しを差配した板倉も、商人捜しでずいぶん苦労したとのことである。最初から川北屋だけに話をしたわけでもないだろう。

昼、ようやく城に帰ってきて、羽織を脱ぐ間もなく春之介のところに鷹村がやってきた。

「さあ行くぞ、かたつむり。討ち入りだ」

「喧嘩はしないでくださいね。後々やりにくくなりますから……」

「どっちが強いか見せつけてやればいいだけさ。後は唯々諾々とこっちのいうことを聞くだろうよ」

鷹村の鼻息は荒かった。

そのまま二人で川北屋に行くと、昨日会った番頭が話しかけてきた。

「これはこれは片桐さま。ご検討頂けましたでしょうか」

「ええ、こちらでもいろいろと考えまして……」

春之介が言いかけたとき、

「無礼者！」

と、鷹村が雷のような声で怒鳴りつけた。

「ぎゃあっ！」

春之介と番頭が同時に跳び上がった。

「我らが藩の奉行がこうしてじかに足を運んでいるのに、主人が出迎えないとは何事だ。無礼打ちにいたすぞ！」

「は、はい、すぐに呼んで参ります！」

番頭は転がるように奥へ駆け込んでいった。

「昨日はあんなに余裕たっぷりだったのに……」

春之介は唖然とした。

「こんなものは剣の呼吸と同じよ。お前、武道はからっきしだったからな」

鷹村が春之介を見下した。

「木刀なんかで殴られたら頭が割れてしまいます」

「そういういらぬ恐怖心を修行と鍛錬で克服するのが武道というものなのだ」

鷹村がぴしりと言ったとき、店の主人、儀兵衛が出てきた。

「片桐さま、お待ちしておりました」

正座して深々と頭を下げる。番頭から鷹村の荒ぶっている様子を聞いていたのだろう。

「片桐さま。こちらさまは……」

　儀兵衛が鷹村を見た。

「わしは御刀番の鷹村という。お主、こちらが一心に頼んでいたのをかさにきて、法外な費用を要求したらしいな」

「い、いいえ、けしてそのようなことは……」

「黙れい！」

　鷹村が番台を殴ってたたき割った。

「何をなさいます！」

「前の引っ越しが五千両だったものが、急に七千両になるものか。あのときも今も蕎《そ》麦《ば》の値段は八文で変わりないだろう。引っ越しの費用だけが上がるものか」

「しかし物の値段は同じでも、人を雇う費用は上がっているのです。なにせ引っ越しで荷物を運ぶのは人足ゆえ……」

「なるほど、そこまで言うか。ならば今から人足どもに聞き、給金がどう変わったか聞いてこよう。お前の言い分なら、昔五十文だったものが今は七十文で働いているという計算であろう。もしそうでなければ、どうなるかわかっているだろうな」

鷹村は大刀の鯉口《こいぐち》を切った。その眼光は鋭く凄《すさ》まじい殺気がほとばしる。

「春之介、お主、今ひとっ走り行って聞いてきてくれ」

「わかりました」

「よし」

鷹村がずいと睨むと、儀兵衛の顔が火鉢の灰のように白くなった。

「お、お待ちください！　どうでしょう、ここは鷹村様にわざわざ足をお運び頂いたということで、お値段を六千両に……」

「ええっ？」

今度は春之介が声を上げる番だった。鷹村が来ただけで千両も値段が変わるとはあんまりではないか。つまり春之介の弱気の値段が千両ということになる。

（やっぱり舐められていたのか。私のせいで藩に大損をさせるところだった……）

春之介の胸に罪悪感が渦巻いた。これでは商人のいい鴨《かも》である。しかし鷹村はさらに言った。

「六千両とは虫がいい。この仕事ひとつで三年は食うに困らぬだろう。ましてや長年、領内で商売の便宜を図ってきた藩に恩の一つも返さぬとは……」

「で、ではいったいどうすればよいのです……」

儀兵衛がもう参ったという顔で嘆いた。

「決まっておろう。もとの通り五千両でやれ。この片桐がけして悪いようにはせぬ」

鷹村が春之介の肩を叩いた。

「そんな無茶な……」

儀兵衛はがくりとうなだれた。

「お待ちください」

春之介が言った。

「どうした、かたつむ……い、いや、片桐」

鷹村が訝《いぶか》しげな目で見た。

「五千両ではだめです。四千五百両でやってもらいましょう」

「ええっ？」

鷹村と儀兵衛が揃《そろ》って声を上げた。

「引っ越しは二月です。諸方で聞いたところ、この季節はいわゆる二八の月といって商いが枯れる時期だそうです。つまり人が余っているので、雇う賃金も安くて済むということ。加古《かこ》郡の秋田屋《あきたや》で見積もってもらったところ、代金は四千六百両。印南《いんなみ》郡の臼井屋《うすいや》では四千七百両。これで十分、利が出るそうです。これらの商人に対抗しようと思えば、四千五百両にはしてもらわぬと割に合いませぬな」

春之介は胸を張った。下調べもせず弱く出たら負けなのだ。

「うっ……」

儀兵衛の目が不安げに泳いだ。

「貴様……」

鷹村の声に怒りが混じり、目がらんらんと光り出した。

「五千両でもう参ったという顔をしていたが、あれは芝居だったのか！　どこまでもわしを愚弄しおって」

「い、いや、そんな……」

「斬る！」

「待ってください！　まだ返事を聞いていません」

春之介は鷹村の前に立ちふさがった。

「どけ。こんな無礼な奴は見たことがない。わしを侮辱してただですむと思うか」

鷹村が大刀をぎらりと抜いた。

「ひいっ！　四千五百両にします！　しますから助けてください！」

儀兵衛が腰を抜かして這《は》いつくばった。

「恩着せがましいことを言うな。我らは別のところに頼んでもいいのだぞ」

「お願いします。どうか私どもにやらせてください……」

儀兵衛の首ががくりと落ちた。


「おい、かたつむり。お主、なかなかやるではないか」

城への帰り道、鷹村がからからと笑った。

「私も勉強が足りなかったのです。やはり相場というものを知らぬと交渉はできませんからね。他の商人と話してみると、新規の商いだということでかなり値引いてもくれました」

「はっはっは。お主、その割安な値段を川北屋にぶつけたのか？」

「それでも、川北屋はかなり得をするのです。閑古鳥の鳴く季節に、人足を遊ばせずに済むのですからね」

「なるほどなぁ」

鷹村が春之介を横目で見た。

「城の書物によると、これを相見積もりと呼ぶそうです。やってみたのは初めてですが、案外うまくいきました」

「はて、お前はそれほど算術ができる奴だったか？」

「鷹村殿の力だけで解決したら、私は親に言いつけた子供のようですからね」

春之介が微笑んだ。

確かに幼少の頃学んだ算術は大の苦手であったが、それは頭が悪いからではなく、「納得しないと先に進めない」という春之介の性格のせいであったらしい。書庫にこもり、算術の根本について解説された書物をひもとき大本の原理に納得してからは、春之介の算術の才は急速に伸びた。書を読んで暮らす長年の引きこもりが彼に大きな叡智《えいち》を与えていたのである。

もっとも、春之介はそれをずっと誰かに言うことはなかった。算術ができるとなれば何かの役につけられるかもしれないからである。無能呼ばわりされて書庫で暮らすのが、春之介にとって一番都合がよかったのだ。

しかし事ここに至っては、その才をめいっぱい発揮するしかない。

「よし。飲みに行くか！」

「はい」

二人は元気よく歩いた。

少なくとも荷物の運搬の交渉では費用を最小に抑えたと言えそうである。

四　とにかく捨てろ！

川北屋との交渉がまとまった翌朝、登城してきた藩士たちはみな困惑した。

正門の前に、このような白木の高札が立っていたのである。

〈藩士一同、あと十日のうちに家財道具の半分を捨てるべし
引っ越し奉行　片桐春之介〉

これを読んだ者たちは口々にざわめき立った。

「半分とは……。冗談であろう」

「いくら減封といっても暮らしに必要なものはある」

「おのれ、かたつむりのくせに生意気な！」

「なあに。ちょっとすごんでやれば、全部持って行っていいと言うに決まってる」

「そうだな。そうしよう。かたつむりの言いなりになるものか」

藩士たちは笑いあって登城した。

それから十日間、藩士たちが城にいる間、春之介は武家長屋から、はては重臣たちの屋敷まで忙しく内情を見回った。引っ越し奉行が荷物の量を確かめると言えば家の者たちも否やはない。

藩士たちは春之介の活動を気味悪く思ったが、所詮かたつむりのやることだと高をくくっていた。

しかし、きっちり十日後、武家長屋では阿鼻叫喚《あびきょうかん》の悲鳴が立て続けに響くこととなった。

「ま、待て！　それは捨てるな。大事にとってあるのだ」

小番衆の佐島竜五郎《さじまたつごろう》が春之介の持った黒い鉄瓶に手を伸ばした。

春之介はその手をさっとかわし、

「いくら大事な物でも豊後まで運べる荷物の量は決まっております。この鉄瓶は内側が錆《さ》びている……。つまり不要な物。家財道具は半分にしてくださいと触れを出したはずです」

春之介は鉄瓶を、かたわらにある大きな木製の乳母車の中に、無造作に投げ入れた。

それは春之介が不要なものを処分するごみ箱として使っているものである。

「でもそれは南部鉄の貴重な……」

「見切りました！」

春之介は、ずばっと大きな書状を広げた。

「なんだそれは⁉」

「ご家老の本村さまより頂いた、見切り御免状です」

「見切り……御免？　なんだそりゃ。見せてみろ！」

佐島は書状をひったくると急ぎ読んだ。

「なに……？　引っ越し奉行片桐春之介においては万事、不要物を見切り、捨てたる勝手を許すものなり⁉」

「さようでございます。あきらめてください」

「おのれ、かたつむりの分際で……」

「おい。俺の弟分に文句でもあるのか」

春之介の後ろにたたずんでいた鷹村がぎろりと目を光らせた。

「た、鷹村殿！　わしは文句など別に……」

「だったら言うことをきけ。春之介は引っ越し奉行だぞ。これに逆らうは殿さまに逆らうと同じことよ」

「ぐっ……」

「あと、この掛け軸もいりませぬな。輸送の際、船で濡《ぬ》れるおそれもありますし」

春之介は床の間の掛け軸を外した。弱気は捨てて強く出るのが春之介の新しいやり方だった。弱ければ鴨にされるだけである。

「待て！　それだけは許してくれ。わしの会心の作だぞ！」

「いえ、明らかに下手でしょう。私情で藩の足を引っ張るのはやめてください」

春之介は掛け軸を容赦なく丸めて捨てた。

「げえっ！」

佐島は紙屑《かみくず》となった掛け軸を見て、へたへたと座り込んだ。

「それと佐島殿、今回の国替えは私が荷役と道中のまかないを一手に手配しますので、家中引料は出ません。あしからず」

「そんな！　丸腰で引っ越しせよと申すか」

「いかにも」

整理を終えると、春之介は悲痛な嘆きを背で聞きながら、不要物を満載した乳母車を押して外に出た。

そのまま次々と長屋を回り、春之介は遠慮なく藩士たちの荷物を捌《さば》いていった。気が小さいだけに、限界を超えてしまうと何もかも意識がとんでしまって、もくもくと仕事をやり続けることになる。藩内に友がほとんどいない春之介はしがらみに縛られることもない。

「お主、冷酷だな」

長屋の間の路地を歩きながら鷹村が苦笑いした。

「時がないのです。しかたがありません」

春之介は抑揚なく言った。

「明日からは上役の屋敷を回ることになるが、この調子で大丈夫なのか」

「たとえご家老であろうとも差配には従ってもらいます。私を奉行に命じたのですから」

春之介がぎろりと険のある目つきになった。

「やれやれ、極端な奴だ」

鷹村があきれた様子で春之介を見た。

「命がけで物を捨てねばなりません。さもなければこたびの引っ越しは破綻します」

「わかったわかった。せいぜい協力するよ」

「頼みます。……ところで、鷹村殿の家の整理は進んでいるのでしょうね？」

春之介が鷹村をじっと見た。

「えっ？　い、いや、もちろんだとも……」

「ならいいのですが」

春之介は門のところで鷹村と別れると、城を出て足を速めた。

行きたいところがあった。

五　炬燵

「あら……。来てくださったのね」

於蘭がさわやかな笑顔で春之介を迎えたのは日も暮れた頃だった。北風が強く於蘭は着物の襟を合わせていた。

「すみません、寒いところを。お邪魔します」

「相変わらずお行儀がよいのですね」

「はは、ずっとこれで生きてきましたから」

春之介はようやく気持ちがほっとゆるむのがわかった。藩士たちとの厳しいやりとりはやはり心を傷つけていた。もし自分が持ち物の半分を捨てられていたら、どれだけがっかりするだろう。あらためて相手の思いを考えると、心は氷のように冷えた。

「さ、炬燵《こたつ》に入ってください。蜜柑《みかん》を持ってきますから」

「ありがとうございます」

居間に通された春之介は炬燵布団に足を突っ込んだ。囲炉裏の上に置かれた櫓《やぐら》に足をあてると冷え切った指が徐々にやわらかくなり、少しかゆくもなってくる。霜焼けができたのかもしれない。

最初にここへ訪れて以来、春之介は「勤めが大変で……」と母に言い訳してはしばしば足を運んでいた。

引っ越しの手順の詳細を聞くということもあるが、実のところ、ここに来ると安心するのである。一人暮らしの於蘭が快く迎えてくれるし、居心地もよく我が家より明らかに楽しい。幼い頃から馬鹿にされることが多く、人との間にぶ厚い壁を築いてきた春之介であるが、於蘭といるときは何も気兼ねを感じなかった。

（人とのつきあいの楽しさとは、もしかするとこのようなことであろうか）

春之介が炬燵に頬杖をつき、ほっとくつろぐと、於蘭が蜜柑を持ってやってきた。

「どうぞ。紀州の蜜柑です」

「ありがたい。いただきます」

春之介が蜜柑に手を伸ばしかけたとき、於蘭がそれを先に握り、指先がそっと触れた。

春之介は慌てて手を引いた。

「私がむいてさしあげます」

於蘭も炬燵に足を入れて座り、器用にむき始めた。

「ご存じですか? 蜜柑ってへたのほうからむいたほうがきれいにむけるんですよ」

「なるほど。白い筋がきれいにとれていますね」

「どうぞ」

於蘭が蜜柑を一房、春之介に手渡した。

蜜柑には筋が少しも残っておらず、生まれたての赤ん坊の手のようだった。

口にいれると甘く汁がはじける。春之介が笑うと於蘭もにこりと笑った。

(ああ。このひとときがいい)

外には音もなく雪が舞い始めていた。

炬燵の熱で、疲れた体が癒やされていく。人の物を強引に捨ててまわった罪悪感がほぐれ、元の人間に戻っていけるような気がした。

「片桐さま。ずいぶんと急に皆の荷物を整理されているようですが、大丈夫ですか」

「はは。柄に合わないことをして、ずいぶん気疲れしました」

心に思ったことが素直に口から出ていく。

「仕分けは難しいものですね。父も昔、ずいぶん苦労していました」

「やはりそうですか」

「でもあるとき気づいたんです。必要な物は、見て楽しい物だけだと」

「楽しい物？」

「つまり見てつい手にとってしまう物ですね。それだけを置いておけばいいのです。一年以上使わなかったものなど、もはや死に体——そんなことを父は言っていました」

「なるほど。それは説得の理由になりますな」

春之介は帳面を出して書き留めた。何が不要な物なのかは見極めがたいが、好きな物ならわかりやすい。残った愛着のない物を捨てればいいのだ。

「片桐さま。城を出たらもうお勤めのことは忘れたほうがよろしいのではないですか」

「えっ？」

「忙しいからといってずっとお仕事をされていると、集中する力が衰え、かえって捗《はかど》らぬものです。……これも父の言っていたことでございますが」

「なるほど。よいことをおっしゃられますな」

最近の自分と来たら、毎日働いてばかりだ——。

思わず眉を寄せたとき、春之介は己の足に於蘭の柔らかい素足が触れるのを感じた。

「ややっ。これは失礼……」

春之介は慌てて足をずらしたが、於蘭はさらに追いかけて足を絡めてきた。さらさらとした肌が心地よい。しかしこれはどうしたことなのか。

於蘭はいつも通り清楚《せいそ》な顔で春之介を見ている。

（なんだこれは）

春之介はどぎまぎした。炬燵の上にはいつもの行儀よい於蘭がいるが、炬燵の中では明らかに異常な事態が起こっていた。

「あ、あの、茶を所望したいのですが」

「はい」

於蘭はにっこり微笑んで立ち上がった。炬燵の中の足がすっと遠ざかる。惜しい、と思った。

（やはりあれは於蘭の足だったのか？　いや、当たり前だ。二人しかいないのだから

な）

　春之介は混乱して何度も首をひねった。とにかく今のところ相手を怒らせてはいないだろう。自分が淫らな真似《まね》をしたわけではないのだから。そうだ、これはきっと何かのはずみに違いない。

　そう思って気が軽くなったとき、背中に柔らかくて重い塊が押しつけられた。同時に、後ろから首に手を回された。

「な、何をなさる！」

「本当にもうやめてください……」

　於蘭の湿った声が聞こえた。

「ええっ⁉」

「お仕事ばかりしては根がつまります。亡き父もそのように仕事づくめで疲れがたまり、倒れてしまいました。もう目の前で人が死ぬのは嫌なのです……」

　於蘭の声が涙でくぐもった。

「大丈夫ですよ。私は死にません」

　春之介は微笑んで言った。もちろん勤めに失敗すれば切腹させられることもあろうが、疲れで死ぬことはないだろう。何せ生まれてから一度もろくに働いてない分、心身に余裕がある。

「約束してください。つらくなったら逃げると」

「はい、逃げます」

春之介は明るい気持ちになった。

（そうだ。引きこもる以外に逃げるという方法もあった。それに気づかぬとは）

まずくなったら逃げればいい。

しかし引っ越しが成功すればきっと於蘭の笑顔を見られるだろう。その笑顔を見るためなら一生に一度くらい、死ぬ気で働いてみようと思った。

六　上役

翌朝、自宅で目を覚ました春之介は心が弾んでいるのを感じた。昨夜の於蘭の手を思い出すと、於蘭に会いたくなる。何か生きることに対して目的ができたような気がした。

いい気持ちで飯を食っていると、

「春之介。顔から険が取れたわね。よかったわ」

と波津が言った。

「そうかな。自分ではわからないけど」

「もしかしていい人でもできたの？」

波津が母親特有の鋭い勘で聞いた。

「は？　今は勤めでせいいっぱいですよ」

「そうなのですか。立派な役に就いたのだから、私もよい縁談を探さないとね」

波津が明るい声を出した。

「結構です。勤めに気の迷いが生じますから」

春之介はまじめくさってこたえた。祝言など大それたことはしなくていい。挨拶回りなど考えただけで嫌になる。ただ於蘭に会えればそれでよかった。あの小さな炬燵に早く戻りたい。

「春之介。あなたの部屋にも炬燵を置こうと思うのですがどうしましょうか？」

急に言われて味噌汁を噴きそうになった。

「い、いえ、うちは火鉢で結構です」

春之介は慌てて答えた。

この日、春之介は祐筆《ゆうひつ》の小林彦太郎《こばやしひこたろう》の家を訪ねた。春之介より上役の小林は不要な物を捨てて欲しいという説得を頑として撥《は》ねつけた。

「全てが勤めに必要なものである。捨てる物などない」

小林は頭ごなしに言った。

「それでも捨てねばなりません」

春之介は〈見切り御免状〉を広げて見せた。

「そんなものでわしがおびえると思ったか、無礼者め。下がれ！」

小林は鼻で笑った。

(さすがに一筋縄ではいかないか)

春之介は唇を噛んだ。

「ちょっとよろしいですか」

鷹村が後ろから助け船を出した。

「鷹村、お前までこいつの味方をするのか」

「いえ、少し耳にお入れしたいことが」

鷹村は小林を部屋の外に連れ出した。

「なんだ。早く申せ」

「実はですな、あのかたつむりは藩の人減らしも兼務しておるのですよ」

鷹村が小声で囁《ささや》いた。

「なに？　あのぼんくらがか？」

小林が目をむいて、座敷の春之介を見た。

「何せ引っ越し奉行ですからな。減封ゆえ、さすがに藩も全ての者を豊後に連れて行くわけには参りませぬ。ここで奴の機嫌をそこねると、浪人になるかもしれませぬぞ。上士からも人を切らねば下の者も黙っておりますまい。小林殿がいなくなっては藩にとっても大変な痛手でござる」

鷹村が深刻な顔をして言った。

春之介が座して待っていると、小林は怒りで顔を真っ赤にして戻ってきた。

「お家の大事とあれば仕方あるまい……。しかしこれらの荷物はみな確かにどれも必要なものだ。それでも捨てろというのなら、何が必要で何が不要か、筋の通った説明をせよ」

「つまり、捨てる根拠を示せということですか？」

春之介は呆《あき》れた。自分の持ち物なのだから、自分で判断するのが当然である。

こんな無茶を言うのは、「とにかく捨てろ」と言われた怒りが加味されているのだろう。それにまだ自分が舐められているせいかもしれない。

（強いことを示さなければ対等に話さない者もいるのだ）

春之介は鷹村の言葉を思い出した。

「では判定いたしましょうか」

余裕のあるふりをして言った春之介は、小林家の家財を見回した。居間の壁には箪笥や書棚が並んでおり、絵や焼き物の茶碗などが飾られている。床の間には刀と鎧、掛け軸があり、その他には衣服の入っているであろう長持や長行李《ながごうり》なども見受けられた。

（どうすればよいのか）

春之介は考えた。相手が納得するような捨てるための根拠は何か。

「どうした引っ越し奉行。早くせぬか。それとも穀潰しのかたつむりの頭には知恵が浮かばぬのか？」

小林が唇をゆがめた。

（於蘭殿。力を貸してください！）

於蘭の清楚な笑顔が浮かんだ。

楽しい物だけ残せばよい、於蘭はそう言っていた。

「わからぬならもう帰れ。きさまは書庫で丸まっているのがお似合いの小坊主よ。はっはっは……」

小林が高笑いしたとき、春之介はついにひらめいた。

「筋の通った考えがあればよいとおっしゃいましたね」

「む……。いかにも」

「わかりました。その言葉、しかと覚えていてください。鷹村殿」

「お、おう、なんだ？」

蚊帳の外にいた鷹村が突然呼ばれて目をぱちくりさせた。

「大きな布を見つけてきてください。私はここで判定の準備をしますから」

「布だって？」

「ええ。お願いします」

鷹村が春之介の決意に満ちた目を見つめた。

「……しょうがない。しっかりやれよ」

鷹村は使いっ走りにされることに少しむっとした様子だったが、春之介が何をするのかということの興味が勝ったようで、さっそく出ていった。

一方、春之介は紙と筆を用意すると、鷹村の帰りを待った。

「いったい何をするつもりなのだ、片桐」

「少しお待ちください。試練がじき明らかになります」

「試練じゃと？」

小林が片眉を上げたとき、もう鷹村が戻ってきて、六尺（約百八十二センチ）四方の赤い布を広げた。花見の席で使う敷物のようである。

「これでいいか、かたつむり」

「かたじけない。では小林さま、行きますぞ。部屋の荷物をしかとごらんください」

「あ、ああ……」

何をするのかわからず、小林はあいまいに頷いて部屋を見渡した。

「ご覧になりましたか？」

「見た。それでどうするというのだ？」

「お待ちあれ。鷹村殿。そちらの端を持ってください」

「おう、わかった」

「行きますぞ、小林殿。それ！」

春之介が赤い布を壁一面に広げると、荷物は全く見えなくなった。

「な、なんじゃこれは？」

「さあ、小林殿。この用意したる紙に荷物の目録を書いてください」

「なんだと？」

「壁面にあった荷物を全て書き出してくださいと言っているのです。もし書き漏らしがあれば、それは重要ではない荷物ということでしょう。なにせ記憶に残っていないのですから」

「そんな馬鹿な！」

小林が目をむいた。

「これが筋の通った考え方です。違いますか？」

「ぐ……」

小林は言葉に詰まった。考えてみたようだが、とっさには返す言葉もない。

「さあ、早う。時がありませぬぞ！」

「む、むう」

「はっはっは、これは一本取られましたな」

鷹村がおかしそうに笑った。

「わしが見てもこれは公平なやり方。まさか武士が二言もありますまい」

「おのれ、かたつむり……」

小林が歯がみした。

「さあ、早く書いてください。それとも私が勝手に選びましょうか？」

「書くとも！　書いてみせる……。おのれかたつむり、わしを侮るなよ」

小林が書いている間、春之介は鷹村と協力して布を壁から出ているくぎの頭に引っかけて固定した。

小林がようやく目録を書き終わったのは半刻後であった。

「では照合しますぞ」

春之介が布を取ると、壁面が再び目の前に現れた。目録をぱっと見ただけでもいくつか書き漏らしがある。

「しまった！」

小林が叫んだ。こめかみが細かくけいれんしている。

「どうかなされましたか？」

「い、いや……」

棚のほうを見た小林の視線を追うと、赤や青の色彩の鮮やかな焼き物の皿があった。

春之介は皿を手に取って小林を見た。

「見切りました」

「げえっ！」

「これは小林さまの書かれた目録にありません。つまり不要！」

「ま、待て。その伊万里焼《いまりやき》は名品なのじゃ。とっておきの家宝で……」

「しかし覚えておられなかった。大事に思っていなかった証《あかし》です。捨てましょう」

春之介はきっぱりと言って、皿を乳母車に放り込もうとした。

「待て！　片桐、頼む。それだけは許してくれ！」

小林の顔が歪《ゆが》んだ。

「ではどれなら捨ててよいのです？」

「それは……」

「では今から四半刻（約三十分）の間に半分の荷物を捨てておいてください。間に合わなければ、この皿を割ります」

春之介が両手で皿を折り曲げるかのように力を入れた。

「やめろ！　待て」

「待ちませぬ」

「そんな殺生な……」

春之介は皿を懐に入れると振り返らずに部屋を出た。

鷹村もその後に続く。噴き出しそうなのを必死にこらえている様子だった。

「ぶはあっ！　ひゃっひゃっひゃ！」

屋敷の門から外に出たとき、鷹村が噴き出した。

「見たか、小林のあの顔！　皿を捨てられそうになって涙を浮かべておったわ！」

「しかしお気の毒なのですよ。私とてこんなきつい仕打ちはしたくないんです」

「しょうがなく嫌なことをやる、それが大人になるということよ。春之介、立派になったな」

鷹村に肩をどやされて春之介は顔をしかめた。

その後、この一件は瞬く間に城の者たちに伝わり、「かたつむりがついにツノを出した」「あれは春之介ではなく鬼之介だ」と大変な騒ぎになった。


三日後、春之介は次席家老の藤原修蔵に呼び出され、進捗状況の報告に向かった。

見切り御免状や鷹村の協力もあって、藩士たちの荷を減らす作業は進んでいる。

（きっと褒めて頂けるだろう）

春之介は弾む気持ちで門をくぐった。母にもよい報告ができるに違いない。

しかし藤原は顔を合わせて早々、春之介を叱りつけた。

「藩士たちからずいぶん苦情が上がって来ておる。お主、かなりの無理強いをしているようだな」

「はっ。国替えまで時もなく、お家の大事ゆえ、少々のことは致し方ないかと……」

「それはわかる。しかし多くの者が言うておるのは、お主自身が荷を捨てていないということなのだ」

「えっ、私が？」

　春之介はぽかんとした。家財の整理はすでに母に頼んである。それなのにいったいなぜなのか。

「片桐。わしの言うておるのは、城の書庫のことよ。国替えの際、お主が残すよう請願した書物。あれをまるまる持っていくということが、皆の間に広まってしまったのだ」

「そんな……。あれは奉行を引き受ける条件としてご家老からお許しがあったことではないですか」

「わかっておる。しかしな、それでは示しがつかん。皆に荷を捨てろと言うているお主自身が書物を処分しないとなれば、不平が募るのは当然よ」

「しかし、あれは藩の叡智が詰まった大事なものです」

「皆もお主に言わなかったか？　『大事なものだから捨てないでくれ』、と」

「ううっ」

　春之介は、物を捨てられるときの、皆の悔しそうな顔を思い出した。

「片桐。よく考えよ。このままではこの先、お主の言うことを聞かぬ者が続々と出てくる。それで準備が間に合うと思うか？」

「それは……」

　春之介は切羽詰まった。

「少し考えさせてください」

　春之介は肩を落として引き下がった。

　その直後から、春之介は東小天守の書庫に引きこもり、出てこなくなった。

　それを知った藩士たちは口々に噂した。

「かたつむりがまた殻に入ったらしいぞ」

「やはりあいつには奉行など荷が重すぎたのだ」

「調子に乗りおって。いい気味よ」

　国替えは誰にとっても苦役である。春之介はその八つ当たりの生《い》け贄《にえ》になった恰好《かっこう》だった。

そして二日たち、三日たっても春之介は書庫から出てこなかった。

四日目の夕方、鷹村がたまらず書庫の戸を叩いた。

「春之介！　開けろ、俺だ！　開けなきゃぶち破るぞ！」

返事はなく、鷹村が本気で突進しようとしたとき、唐突に戸が開いた。

「お前……、誰だ？　春之介なのか？」

鷹村が思わず目をこすった。そこにいたのは確かに春之介のようであったが、頰が痩せこけ、目もひどく落ちくぼんでいた。唇もひび割れ、まるで骸《むくろ》のようであった。

「お前、まさか飯を食ってないのか？」

春之介は小さく頷いた。その手には書物の束を抱えている。

「おい、春之介……」

「ついてきてください」

春之介はそのままよろよろと東小天守を出た。日は落ち、すでに松明《たいまつ》に火が入れられている。

春之介の異常な姿に、ちょうど下城しようとしていた者たちも驚き、ぞろぞろと集まってきた。

「春之介、そんなもの持って、どうするつもりだ？」

鷹村が戸惑った様子で聞いた。

「こうするのです」

春之介は持っていた書物に松明の火をつけた。

「あっ！　な、何を……」

「書物は全て燃やします。それが奉行の勤め……。火事にならないよう用水桶を用意しておいてください」

春之介は中庭の隅に設けてある炉に書物を投げ入れた。薄闇に火の粉が赤々と舞う。

「本気か？　お前が何よりも大事にしていたものではないか」

「だからこそです。鷹村殿、火を見ていてください」

それから一刻、春之介は書庫と庭を何度も往復して、書物を燃やし続けた。

手垢《てあか》のついた最後の一冊を火にくべ、それが灰になると、春之介はぽたぽたと涙をこぼした。

「さらば……」

そう最後に言うと春之介は倒れ伏した。

集まった藩士たちはその姿を呆然《ぼうぜん》と見つめていた。

「おい、しっかりしろ春之介！　誰か、誰か医者を呼んでこい！」

鷹村が春之介を抱き上げて大天守のほうへ走り出した。

七　追われる者同士

その頃、江戸では松平家の留守居役の仲田《なかた》小兵衛《こへえ》が交渉のため、諸藩の大名屋敷を走り回っていた。

（胃が痛い……！）

小兵衛は顔をしかめつつ走った。大名の江戸屋敷が立ち並ぶ、細い路地を抜けていけば駕籠《かご》を拾うよりも走るほうが早い。しかし相手方を訪問すると頭を下げる事態が起こるのだから、本心では急ぎたくなかった。

「金を貸してくれ」と言わねばならぬ。

藩の引っ越しにかかる金は莫大《ばくだい》で、参勤交代の費用が子供の使いに見えるほどである。親藩松平家のことなので親戚筋に金を無心すれば貸さぬとは言わぬが、出してくれる額はごくわずかである。どこの藩とてやりくりは苦しい。

また「藩士を仕官させてくれ」という話をすることもあった。減封によって藩の収入が半分になれば、とても全ての藩士を養いきれない。だが人を雇うということもやはり金のかかることであり、結局は金策をしているのと同じようなものなので、相手方の反応は渋い。

何より嫌なのが頼みごとを切り出したときの相手の表情の変わりようである。恥を忍んでようやく口にしたとたん、まるでこちらが糞《くそ》でも突きつけたかのように顔が曇る。そうなるとこちらも傷つく。だがこちらも藩の存続がかかっているのだ。原因は将軍綱吉の元大老酒井忠清に対する意趣返しだ。藩主松平直矩に落ち度はない。酒井に言われたことをやっただけである。それなのにとばっちりを食って、豊後日田に飛ばされるのだからたまったものではない。そのための煩雑な処理をしているのが小兵衛である。

(こっちだって苦しいのだ。なぜ素直に金を貸してくれぬ)

小兵衛は歯ぎしりした。少しくらいいたわってくれてもいいだろうと思う。お互いに幕府の無理難題には苦労しているのだから。

国元の姫路でも誰かが御用商人をまわり、金策をしてくれているだろうと思うが、海千山千の商人相手では心許《こころもと》ない。

(なぜこんなときに……)

小兵衛は己の不運を悔やんだ。留守居役になったのはついひと月前である。留守居役は他藩との折衝役や調整役であると同時に、幕府が言いつける普請手伝いなどの苦役を回避するため幕府の動向を見極め、内々に交渉し根回しする力が必要とされる。そのため、季節の贈答から、最終的には賄賂まで藩の金をほぼ無尽蔵に使うことができた。

金回りはいいため、料亭や花街で贅沢《ぜいたく》もできるのだが、今回のように一大事が起こればきつい勤めが集中するのも留守居役である。今回は役目が変わったばかりの小兵衛が察知する間もなく減封の沙汰を受けてしまったため、憤懣《ふんまん》やるかたない。江戸家老の佐々木晋五郎からは、「なぜ減封の沙汰に気づかなかったのか」と激しく叱責されたが、それを言うなら、小兵衛の前の留守居役である。その者がうまく探りを入れることができなかったために減封を言い渡されてしまったのであり、濡《ぬ》れ衣《ぎぬ》である。しかし今の留守居役は小兵衛であり、全て引き継いでしまったあとなので反論することもできない。

そんなこんなを考えているとますます胃が痛くなった。このところ粥《かゆ》しか食えない。

（まずは癒やされに行くか）

小兵衛は金を借りに行こうとしていたのを先延ばしし、行き先を変えた。福島藩を治めている本多《ほんだ》家の屋敷である。

「これは仲田さま、よくいらっしゃいました」

疲れた笑みを浮かべて迎え入れたのは福島藩留守居役、松井頼母《まついたのも》であった。松平家が姫路を出たあと、後釜に入るのが福島の本多家である。松井も多忙のせいか鬢《びん》は乱れ、目も赤くはれていた。金策や煩雑な手続きに手を焼いているのであろう。まさに小兵衛の仲間であった。

「まったく集まりませぬよ。困ったことです」

開口一番、小兵衛は吐き捨てた。自家の誰にも言えぬ愚痴である。

「こちらも同様です。それにしても仲田殿、顔色がひどく悪い。胃ですか?」

「ええ。まるで働きませぬ。飯を食うともたれるし、朝から晩までしくしくと痛んで……」

「わしも口の中に腫れ物がいくつもできましてな。熱いものがしみて汁も満足に飲めませぬ」

「それはそれは。お大事になさらぬと」

「まさに。お互い倒れたら藩が危ういですからな」

「まこと綱渡りにございます」

小兵衛と松井は同病相憐《あいあわ》れむように疲れた目でうなずき合った。

「して、お引き渡しの件ですが……」

松井が控え目に言い出した。

「松平さまが仕立てた御屋形屋敷帳は屋敷ごとに番人から受け取るということでしたな」

「ええ」

「それなのですが、あまりにも屋敷が多いので、いっそ一町ごとに番人をつけ、屋敷帳もまとめてお引き渡しすることにしてはどうでしょうか」

「なるほど。それは手間が省けますな。しかしそのような前例はございますか？」

小兵衛の胃がきゅんと痛んだ。幕府の目付に手続きの不備を指摘されようものなら、膨大な手続きは全てやり直しとなる。

「見つけました。各藩に引っ越しの倹約法を尋ねましたところ、確かにその手を使い、それを幕府の使者も認めたそうでございます」

「うまい！　それで行けますな」

小兵衛の顔にようやくこの日最初の笑みが浮かんだ。とにかく人の頭数が必要になるほど金もかかる。働く者は最小限でよい。

「松井殿。私も一つ倹約の手段を聞き込んできました」

「ほう、どのような？」

「通常、城引き渡しまでは関係する者どもの宿を侍屋敷とし、引き渡し後は町宿と致しますが、幕府の上使を勤めたことのある者に聞きましたところ、侍屋敷も町宿も問わないそうです」

「となると、宿が増えて修復する場所も増えるということがなくなる……」

「ええ。検分に来る者も子細を知らぬ者が多いとのことです。我らで供応を尽くせば少しくらいの粗相なら忘れてくれるかもしれぬとか」

「ふふ、それは江戸流でございますな。一つ我らで大いにもてなしますか」

小兵衛は松井といたずらっぽく目を見合わせて茶を飲んだ。留守居役たる者、宴席で場を盛り上げるのは大得意である。

「しかし本多さまも福島にようやく慣れられたところゆえ、かの地を離れるのはつろうございましょう」

「いえいえ松平さまこそ。姫路は風光明媚《めいび》で海産物も美味と聞きます。そんなところを後にせねばならぬとはお気の毒でございましたな」

「このようなことをせずとも、いっそ制裁金でも課して解決すれば我らの手間もいらぬのです。引っ越しともなれば家臣たちを動かすのにどれだけ苦労することか」

「移封は心も痛めますからな。故郷というものはそれだけ重い」

「しかしこれも武士と生まれた者の務めでしょう。こたびの引っ越しは割に合わぬことですが」

小兵衛は茶をもう一口飲むと立ち上がった。お互いやることが山ほどある。ここにいたのはせいぜい茶を半分飲む程度の時間であった。しかし己と同じように苦労を重ねている同じ役目の者に会うと小兵衛も慰められた。

（わしもこたびは故郷へ帰らぬといかぬな）

小兵衛はため息をついた。長年江戸で暮らしてきたので、何事ものんびりした故郷がさほど好きではなかった。料亭も花街も少なく、気心の知れた友もいない。だが、引っ越しに向けて皆の尻を叩《たた》かねばならぬ。

「次も渋い顔だろうな」

つぶやくと小兵衛は寒風の中で肩を尖《とが》らせて歩いた。胃がまたしくしくと痛み出している。

疲れた足を引きずって、小兵衛が自家の江戸屋敷に戻ったのは日が暮れ始めた頃だった。

着替えも早々に、江戸家老佐々木晋五郎の御用部屋へと向かう。持って帰ってきたのは冴《さ》えない報告ばかりであり、踏みしめる廊下の板が氷のように冷たかった。

「仲田小兵衛、戻りました」

「入れ」

佐々木の前に出てみると、予想に反して機嫌がよさそうだった。頰の血色もよい。このところいつ見ても苦虫を嚙《か》みつぶしたような顔ばかりであったが、何かよいことがあったのだろうか――。

「今日も諸藩の屋敷を回りました。いくらかは金を貸すという者もおりましたが……」

「さして高額でもない、か」

「はっ。まことに申し訳なく」

「ちりも積もれば山よ。地道にやるしかないのう」

佐々木が座布団の端をつまんでひねった。

「明日からもまた金策にまわります。引っ越しのときが近づいてきましたゆえ、幕府や相手方との打ち合わせも多くなりましょうが」

「いよいよじゃな。しかし今日はちと国元からよい便りがあってのう」

「ほう。それはどのような？」

「それがな、小兵衛。新たに就任した引っ越し奉行が、なかなかよい働きをしているそうだ」

「引っ越し奉行といいますと、板倉の後釜のような役目でございますか？」

小兵衛は亡くなった板倉の無骨な顔を思い浮かべた。あの男がいてくれたら、もう少し安心できたはずである。

「そうよ。こたびの厄介な引っ越しの面倒を見る新たな役目でな。国元で選んだのは片桐春之介という男であるらしい。この男がてきぱきと荷造りや倹約、金策まですすめているそうだ。そのような優れた人材が隠れておったとはな。我が藩も捨てた物ではない」

佐々木が微笑《ほほえ》んだ。

「片桐、春之介ですか」

小兵衛は首をひねった。片桐といえばかなり難のある男ではなかったか。なにか、妙なあだ名をつけられていた気がする。

（一度確かめねばならぬ）

小兵衛は心の中に書き留めておいた。留守居役は藩の中でも、ことさら優秀な者が選ばれる。小兵衛は江戸にありながら国元のこともしっかり頭に入っていた。

佐々木が続けた。

「飛脚の便りによるとな。その片桐という男は、減封ゆえ、荷物も半分に減らしているとのことよ」

「なっ……。荷を半分ですと?」

小兵衛は驚いた。板倉のときでもそこまではしなかった。自ら考えて、荷を減らしたのか。しかし藩士たちがそこまで素直に言うことを聞くだろうか。

「その者はなんでもかんでも捨てさせると評判じゃ」

佐々木がおかしそうに笑った。

「なんせ国家老の本村までが巻き込まれたそうじゃからの」

「それはどういうことですか?」

「聞きたいか」

「ぜひに」

「ふふ、近う寄れ」

小兵衛は身を乗り出した。荷を半分捨てることができるなら、藩士の生き残りにも大いに希望の芽が見えてくる——。

小兵衛は頭の中で素早くそろばんを弾《はじ》いた。

八　焼失

「かたつむり。生きてるか？」

鷹村の声で目を覚ました春之介がまず感じたのは、ひどい空腹だった。

「鷹村殿。湯漬けを食べさせてもらえませんか」

「おお、そうか。待ってろ」

ほっとした様子の鷹村が音を立てて走って行くのを聞きながら、春之介は身を起こした。もはや春之介が長年馴染《なじ》んだ書庫はほぼ空っぽになった。残っているのはここ数年の勘定の帳面など実用的なものばかりで、兵法書や城に暮らした者の覚え書き、代々の藩主が集めていた読み物、風土の記録などはすっかりなくなってしまった。

（でもこうするしかなかった）

春之介は寝かされていた部屋の障子を細く開け、外を見つめた。霧のような雨が降っている。

しばし後、鷹村が大きなどんぶりいっぱいに作らせた湯漬けを持ってきた。よくもまあこんな大きな器に湯漬けを盛ったものだとあきれたが、食べてみると実にうまかった。

「四日分食え」

自分で作ったわけでもないのに鷹村がえらそうに言ったが、春之介は物も言わずかき込んだ。胃の中に熱い塊が落ちていく。別の小皿に盛られた細切りのたくわんと昆布をときどき噛みしめ、また湯漬けを食べる。どんぶりいっぱいの湯漬けを全て食べきると、体に少し力が入るようになった。頭の中で蛾《が》が羽ばたいているような気持ち悪さがあるが、それでも考えはまとまってくる。

「春之介。大丈夫か？」

鷹村がじっと黙っている春之介の顔をのぞきこんだ。

「ああ。本村さまのところに行く」

春之介はよろよろと立ち上がった。

「ご家老のところ？　何しに行くんだ」

「肩を貸してください」

春之介は鷹村にもたれかかった。

「お、おい、無茶はするな」

「無茶ならもうしました」

　春之介は部屋を出、ひょこひょこと大天守の廊下を歩き始めた。


「お願いがあって参りました」

　引っ越し奉行の唐突な訪れに本村は不審げな顔をした。

　寝間着姿の春之介の顔は痩せ、髷《まげ》も乱れており、異様な様相となっている。

「片桐、その恰好《かっこう》はなんだ。いや、そもそも奉行の役目を放り出し、四日も書庫に引きこもって何をやっておった。怠慢であるぞ」

「お役目にございます。荷物を減らしておりました」

　春之介は目をそらさず答えた。

「聞いたぞ。不要な書物を焼いたそうだな。しかし、それならば一日あればできたであろう」

「不要な？」

　春之介の顔がやや険を帯びた。

「そのような顔をするな。わかる。わかるぞ。お主は確かにあの書物に執着しておった。しかしそれはあまりにも未練よ。女々しい。そのような男に大役の引っ越し奉行が勤まると思うてか」

「ご家老、しかしこいつはこいつなりに……」

鷹村が思わず助け船を出したが、本村は厳しく言った。

「口出しは無用じゃ。勤めを放り出したことは明らかであろう」

「いいかげん、私の話を聞いて頂けませぬか」

鷹村が、はっと春之介を見た。その姿勢は凛《りん》としている。物を捨てろと藩士に迫るときのやけくそな態度ではなく、むしろ余裕さえ感じられた。

異様な迫力に本村まで少し気圧《けお》されたようで、

「お主、もしや乱心しておるのか？」

と、おそるおそる聞いた。

「いえ、いたって正気でございます」

「しかし……」

「私の話を聞いてくださいますか」

「よ、よし。話せ」

本村が姿勢を正した。

「ご家老は国元の藩士の中でも一番大きな屋敷に住んでおられますな」

「それがどうしたというのだ」

「広さは九百坪ほど。庭に茶室もあるぜいたくな造りでございます。南部鉄でできた茶釜は利休も愛《め》でたという値打ちものでありましょう」

「なぜそれを!?」

　本村が目をみはった。

「私は引っ越し奉行にございますゆえ、内情はしかとつかんでおります。ご家老が荷物を処分せぬとなると藩士の心は離れましょうな」

「なに？　どういうことじゃ」

「さらに言いますと、本村さまは名刀、菊一文字を持っておられるはず。あれを質に入れれば引っ越しの費用もだいぶ助かります」

　本村の目が丸くなった。

「それは困る。毎日手をかけ磨いておるのだぞ」

「私も書庫にいた際は毎日整理しておりました」

「ぐっ……」

「次はご家老自身が引っ越しの検分を受けられる番です。参りましょう」

春之介は立ち上がった。

「このわしまでもか！」

本村は呆気《あっけ》にとられた。いくら藩士の者たちが荷物を捨てられているといっても、まさか家老までに整理させるとは思っていなかった様子である。

しかし春之介は容赦なかった。

「藤原さまが私に書物を処分せよと言われた際、他の者に示しがつかぬと仰せられました。あれはまさに至言。感服いたしました。今ここで、ご家老すらも荷物を処分したとなれば不満のあった他の者も納得し、引っ越しに自ずから力を貸すでしょう」

「しかしな」

「時がないのです。さあ、参りましょう」

「なんということだ」

進退窮まった本村はやむなく屋敷へと春之介を案内し、噂《うわさ》に聞く引っ越し奉行の血も涙もない捨てっぷりを見ることになった。

「やめろ！」「それだけは許してくれ」「頼む……」と、本村の命令が懇願に変わるころ、屋敷の前には膨大な荷物が積み上げられた。禄《ろく》が高いだけに持ち物も多い。そもそも春之介が持っている見切り御免状は家老の本村自身が作成したのであるから、当の本村が逆らえるはずもなかった。また、春之介自身が書を全て焼き捨てたのだから もうあらがえない。

春之介は下士の者で「引っ越し隊」を組織しており、彼らが余分な荷物を、特製の大きな乳母車に乗せ、全て運び去った。

噂は一刻もたたぬうちに姫路城を巡り、乳母車の隊列を見た他の藩士たちは怖気《おぞけ》をふるった。失脚したと思った引っ越し奉行がますます威力を増したのである。家老の荷物まで処分した春之介に、もはや逆らう者はいなかった。

春之介はその足で藤原の家に向かった。

「片桐……」

藤原は絶句した。

「失礼致します」

春之介は藤原の家に踏み込んだ。

「ま、待て。書物を処分させたのはやりすぎだったかもしれん。ここは一つ、な……」

「ずいぶんと溜められましたな」

春之介は広間を見回して言った。藩の中でも一番調度品が多い。

「まさか本当に半分捨てるのではあるまいな」

「見切らせて頂きます」

春之介は見切り御免状をつきつけ、ついてきていた配下の者に号令をかけた。

「かかれい！」

「応！」

まるで戦のように答えた下士たちは片っ端から荷物を乳母車に叩き込んだ。藤原の大きな屋敷に集まった者たちは、まるで稲穂を食い尽くす蝗《いなご》の群れのようであった。

「待て！　待ってくれ片桐！」

「私は書物を全て焼き払いました。藤原さまにも捨ててもらわぬと示しがつきませぬ」

「む、むう」

春之介は見切りを終えると、配下を引き連れ、城に帰った。

藤原の家の中は嵐が通り過ぎたあとのようであった。

藤原の荷物を質屋で換金しながら春之介は深いため息をついた。

（命より大事なものをなくしてしまった）

あの書物を全て焼いたとき、春之介の心から人生に対する恐れが全て消えた。もう守るものはない。書物は春之介のわかちがたい相棒であり、それを焼いた今、もはや春之介は死んだも同然だった。

斬られてもよい、という覚悟で立ち向かうと、春之介にはもう怖いものがなかった。やがて家臣の荷物を全て整理し終えたとき、春之介は鷹村と二人、ささやかな酒宴を開いた。

「よくやったものよ、春之介。捨てたり売ったり質に入れたりして、倹約も進んだではないか。しかし殻を取ったかたつむりがこんなにこわもてだったとはな」

鷹村が笑った。

「間違ったことをやっているわけではありません。これが勤めというものでしょう」

春之介は淡々と酒を飲んだ。

「お前も男になったものだ。こうなれば、あの板倉の娘をもらってしまえ」

「は？　何を言うのです」

勤めのことではもう動じなかった春之介だったが、於蘭のことを言われたとたん顔を赤らめた。於蘭とはいまだに手も握らず、炬燵《こたつ》の布団の下でささやかに足を触れあわす程度である。それをいきなり夫婦になれというのか。

「当たり前だろう。一人前の武士が妻をめとって何がおかしい。あのおなごを嫌いなのか？」

「それは……。嫌いではないですが」

「ならばいいではないか」

鷹村が豪快に笑った。

「相手の考えもあるでしょう。無茶なことはしたくありません」

「ふふ、女に関してはかたつむりのままか。いや、皮かむりといったほうがよいかのう」

「ふざけないでください！」

「ふざけてはおらぬ。相手の考えがわからぬなら聞いてみればいいだろう。お主のその口は何のためについておる」

「しかし……」

春之介は考え込んだ。今でも於蘭のところに行けば十分安らぐのである。

「怖いのか？」

鷹村がにやにやと笑った。

「好きでないと言われたら気まずくてもう会えなくなるではないですか」

「いいではないか、どうせ引っ越しするのだから。禍根は捨てて行けばよい」

「そんなに簡単にはいかぬのです」

「ではお主、心を打ち明けずに去るのか？」

「それは……」

　春之介は唇を噛んだ。このところ熱心に勤めに励み、於蘭との別れから目をそらしていた。しかし引っ越しするということは於蘭と別れるということだ。板倉が跡継ぎも残さず死んだ今、於蘭はもはや士分とは言えない。減封ゆえ藩士の首も多数切ろうというのだから、於蘭を日田に連れて行けるはずもない。

　かといって夫婦になるなどという大それた考えはまるでなかった。鷹村に言われ、初めてそういうこともできると気づいたのである。

「どうした、かたつむり。戦わずして負ける気か」

「……私は心配なのです」

　春之介は自分の本心にようやく気づいた。問題は負けることではない。

「それはそうだ。勝敗は相手次第なのだからな。それでも戦うのが武士だ」

「だから違うのです。もし……もし勝ってしまったらどうするのですか？」

　春之介は真剣な目で鷹村を見つめた。

「はあ？　ちょっと待て。お前が何を言っているのかよくわからん……」

鷹村が慌てて何度もまばたきをした。

「だから於蘭殿が私を好きだ、夫婦になると言ったらどうするのかということです」

「どうするもこうするもないだろう。めでたいことだ。さっさと夫婦になりゃいい」

「はあ。あなたはやはり全くわかっていませんね」

春之介は首を振った。

「いくら城の勤めができようと、色恋とはまるで別ものです。私が於蘭殿の前でどれだけ気を遣っているかご存じですか？」

「知るか、そんなもの！」

鷹村は激高した。

「いいですか。あの人の前に出ると私は浮き足立つのです。悔しいほどまったく不自由な人間です。あの人に嫌われたくない。そう思えばよけいにぎこちなくなる。夫婦になり一緒に暮らすようになれば、きっと私はぼろが出るに決まっている」

春之介はとっくりをつかんで残っていた酒を一気に飲み干した。

「たやすいことだ。やればいいんだよ。ぐだぐだ言わず、判を押せ。荷物を捨てさせたときのように」

「できるわけない！　それは……。それは於蘭殿に対する冒瀆《ぼうとく》です」

「はあ。まったくわかってないのはお前だ」

　今度は鷹村が首を振った。

「わかってないことくらいわかっています。十年以上、人の世から遠ざかっていた男が、女を幸せにできるわけないでしょう。経験も手管もない。ともに暮らせば退屈するに決まっています。私はそんな私が嫌いなのです。あの人をがっかりさせたくないのです。少しでも嫌われたら私は一生引きずるでしょう。そうなったら責任を取ってくれるのですか！」

「考えすぎだ。お主には少なくとも奉行の俸禄《ほうろく》はあるではないか」

「金でなんとかせよと？」

「そうだ。そもそも祝言をあげる目的は金とお家存続のためよ」

「於蘭殿を愚弄するにもほどがある！」

　春之介は唾を飛ばした。

「春之介、お主よほどそのおなごが気に入っていると見えるな」

「いや、それほどでも……」

　春之介は必死に糊塗《こと》した。こんな粗暴な男に気持ちを打ち明けるのではなかった

――。

「馬鹿め。丸わかりよ」

鷹村が牛房《ごぼう》の煮染めをかじった。

「だがそれでは確かに、お主は於蘭殿を不幸にするだろうな」

「そうでしょう。だから何も言わずにおくのがいいのです」

やっとわかってくれたかと、春之介はほっとした。

「いや、言ったほうがよい。しかしその前にまず、お前は遊里にでも行け」

「ええっ？」

「お前は女を知らなすぎる。女は神のようにあがめるものではないぞ」

「そんな淫らな場所に行くなどとんでもない。だいち金がありません」

「面倒な奴だな。だったら俺が於蘭殿を口説くが、それでもよいか？」

鷹村が舌なめずりした。

「なに⁉　まさかお主も？」

確か鷹村には女がいたはずである。それにも飽き足らず、また別の女にまで手を伸ばすのか。

「あれはよい女だ。お前が据え膳を食わぬのならば俺が味見してやろう」

「やめてください！」

　春之介は青くなった。この男なら勢いで於蘭を押し倒してしまうかもしれない。それにしても据え膳とは何ごとか。

「春之介、お主は手を出さぬのだろう？　ならばいいではないか。女を幸せにできないというなら、また書庫にでもこもり、一人で手慰んでおれ」

「おのれ、言わせておけば……」

「そうだ。今から口説きに行くか。春之介を話の肴《さかな》に、今夜はあの女と二人、温かく寝るか」

　鷹村は立ち上がった。

「待て！　待ってくれ」

「なんだ。まだ用があるのか？」

「言う……。於蘭殿に気持ちを打ち明けるから、それだけはやめてくれ」

　春之介は小さな声で言った。幼なじみに好きな女を抱かれるなど、もっての外である。

「本当か？」

「本当です」

「では今から行け」

「えっ？　それは無理です。だいいち今日はよい着物ではありませんし」

「着物だと？　お前、一応身なりに気を遣ってはいたのか。色気づいたものよ」

鷹村が低く笑った。

「努力しているのです。笑わないでください」

「ま、よかろう。ちゃんと戦いに行くと決めたのだからな。手のかかる奴よ」

「鷹村殿」

「なんだ？」

「その……。遊里には行くべきでありましょうか」

春之介が真剣な面持ちで聞いた。

「なんだ行きたいのか？」

「いえ。実戦の前にもまず稽古が必要かと思いまして……」

「俺は幼少の頃、お前と嫌というほど剣術の稽古をしてきた。だが、それでお前は強くなったか？」

「いえ……」

春之介は思い出した。鷹村と何百回と打ち合ったが、この男には一度も勝てなかったことを。

「お前には剣の才がない。女も同じことよ。稽古に行っても自信をなくすだけかもしれぬ。それならばせめて勢いをためて行け」

「ぐぬ……」

言いたいだけ言われたが、女とのつきあいにまるで覚えがない春之介は言い返せなかった。

「ま、わしの見たところ、うまくいくさ。お前は変わった。なにせあれほど大事にしていた書物を果断に焼き捨てたのだからな」

「ああ、あれは捨てたわけではないんです」

そんなことかと春之介はため息をついた。

「なに？　どういうことだ」

「確かに書を失ったのは途方もなく辛《つら》かったですが、なんとか私はあの書物を引っ越しさせました」

「何を言い出すのだ。目の前で全て燃やしたではないか」

「まだ残っています。目の前にありますよ」

「どういうことなのだ！　はっきり申せ」

鷹村の声が尖《とが》った。

「私はあのとき四日間書庫にこもり、全ての書に目を通したのです。もっとも、奉行になる前より片っ端から読んでいたので、残っていたのは興味のないものばかりでしたが、読んでみると意外にためになることも多かった……」

「お主、まさか」

「はい。書物は全てここに入っています」

春之介が己の頭を指さした。

「なんと！」

「今まで読まなかった書物を探ると、いろいろなことがわかりました。たとえば大工が屋敷を造った記録や、家臣たちの家系、奥女中たちの噂話までいろいろと知ることができました」

「そうか、それで家老の屋敷の内幕も知っていたというわけか」

「茶釜や刀をずいぶんと自慢されていたようです。そうすると家臣たちの耳には残りますゆえ、日記に書く者もいたのですよ」

「はっ。大したもんだ」

鷹村は破顔して春之介の頭を何度も叩いた。

「次は金策です」

春之介は油揚げを飯にのせてかきこんだ。書庫に費やした四日分を取り戻さねばならない。

九　勘定奉行

翌日、春之介は勘定奉行、中西監物の御用部屋へ足を運んだ。

「引っ越しの費用を貸してくれそうな御用商人の目録ですが、ご用意はしていただけましたかな」

「おお、これは片桐殿。しばしお待ちあれ」

中西は立ち上がって奥の棚から冊子を引っ張り出してきた。

「ここにあがっているのが姫路藩の御用商人たちでござる」

「かたじけない。さっそく談判してきましょう」

春之介はさっときびすを返した。引っ越しまでもう時がない。

「お待ちあれ」

後ろから中西の声がかかった。

「片桐殿。ただ頼むだけではなかなかに難しいぞ。何か見返りでも約束せぬと、そうやすやすとは行かぬのではないか」

「見返り、ですか」

「さよう。借りた金に利子を払うのは当然として、何か商いを手助けするようなことを言わねばなるまいな」

「ほう。人を出して売り子でもせよと言われますか」

「何を馬鹿なことを。たとえば藩の認可でござる。酒屋なら、寒造り以外は禁止のところをいつでも作ってよいことにするなど、商人の得になるような沙汰を出せば、金も貸してくれよう」

「ふむ……。しかし、そのような優遇を私一人で決めてよいものでしょうか？」

「それはならぬ。勝手に約束してできなければ信用も失われよう。まずは褒美をちらつかせ、これならいけるという感触を片桐殿が持てば、上に報告して許可を取ればよい」

「しかし、それでは時がかかりすぎます。そのような決定をすぐにできる方にご同行願いたい。中西殿はどうなのですか」

「なに、わしがか？」

中西の顔がこわばった。

「先ほどからうかがっていますと、商人との交渉にはかなり長《た》けておられるようですし、一緒に行って頂けると私も心強いのですが」

「わしも移封を前にやることが山積みでな。席を空けることはできん」

中西は急に書類を探すような素振りをした。関わりたくないのだろう。ずっと高い地位にあるというのに、有事には逃げるということか。

「中西殿は今から何と何をなさるのですか。はばかりながら私も引っ越し奉行を任され、連日連夜走り回っております。その私より忙しいとおっしゃるなら、何をなさっているか具体的に教えてください」

「無礼な！　そのようなこと、管轄が違うお主にわかるものか」

中西の顔がわずかに紅潮した。

「勘定奉行の勤めとは、入費と支出の管理、そして勘定の吟味でござろう。今は年貢を納める時期でもありませぬ。引っ越しの費用については先般見せて頂いた過去の帳面がありますから、おおよその額はおしはかれましょう。むしろあなたの勤めは費用を工面してからの割り振りではありませぬか。そもそもこたびの引っ越しは費用を倹約するため、常ならば藩士に支給する家中引料は一切なしと決めました。それだけでもずいぶん勘定奉行の手は空いたと思いますが、違いますか?」

「ぐっ……」

中西のこめかみがぴくりと動いた。

春之介は藩で一番のできそこないと言われ、ずっと書庫にこもってきた。そんな男がなぜそのようなことを知っているのか不思議なのだろう。しかし、春之介には書庫で蓄えた大量の知識がある。簡単にはごまかされない。

「さあ、ご説明ください。いったい今日は何と何をなさるのです」

「そ、それは、細々としたことがあるのだが、説明するよりももっとわかりやすい話がある。つまりわしには商人の規制を左右できる権限がない。それがあるのはもっと上の役の者だ」

「では誰が許可できるのです?」

春之介は斬り込むように聞いた。

「たとえば次席家老の藤原殿だ。あの方なら即断できよう。しかし一緒に行くと言うかどうか……」

中西はそらとぼけた。

(ここに及んでも他人事《ひとごと》か、この男は)

春之介はじわじわと腹が立ってきた。

つまり、我が身かわいさのあまり、まだ目の前のことを受け入れられないのである。誰も藩の存亡に対して責任を持とうとしていない。いやだからこそ、普段役に立っていない自分に引っ越し奉行などという大役がまわってきたのだ。

（こんな藩、もう滅びてもいいのではないか）

春之介はふと思った。戦国の世が終わって泰平が続き、もはや危機に対する意識が麻痺《まひ》しているのだ。

「甘うございます」

低い声で春之介は言った。

「えっ？」

「まだわからぬか。この引っ越しは戦でござる！」

御用部屋がびりびりと震えるほどの大音声で春之介が怒鳴った。大天守の二階にある部屋の全てから藩士たちが飛び出してきた。

「十五万石から七万石への減封ということは、下手をすれば半分の藩士が浪人となるかもしれぬのですぞ。中西殿、引っ越しに協力されぬならば、まずはあなたからやめて頂く！」

春之介は中西を睨《にら》みつけた。本気でそう思っていた。

「なっ……」

「さっそくご家老にそう進言いたします。失礼」

春之介はつかつかと部屋を出た。

「ま、待て！」

春之介の羽織の右側が後ろから引っ張られ、肩から外れた。

「何をなさる」

「待ってくれ、片山殿！　協力せぬとは言っておらぬ」

「私の名は片桐でござる。まだ何か用がありますか？」

「やらせてくれ。わしも勘定奉行を長年務めてきた。知見もあるし、御用商人にも顔が利く」

「お忙しいのではなかったのですか」

「いや。引っ越しは何よりも火急のことでござる」

中西は早口で言った。

「本気でござるか」

「いかにも」

春之介は中西を見つめた。その表情からはゆるみが取れ、真剣味が感じられる。

「わかりました。ではともに行きましょう」

「よろしくお願い申す」

中西は春之介の持っている目録の他に、厚い帳面を用意すると、春之介とともに城下に向かった。


「まずは廻船《かいせん》問屋の和泉屋《いずみや》をあたってみよう」

背水の陣を自覚しやる気が出てきた様子の中西が言った。

廻船問屋とは、港において廻船などの商船を対象としてさまざまな業務を行う店のことである。春之介は初めて訪れる場所であったが、御用船を通じての取引があるのは知っていた。

「和泉屋は蔵元の多くの交易を任せている廻船問屋でしたな」

「片桐殿は何かと藩のことに詳しいのう。誰か後ろ盾でも得られたか？」

「いえ、鷹村の他には誰も。書庫に長くおりましたゆえ、藩のこれまでの交易などは知るところもあります」

「なるほど、そうであったか。そうなると貴殿こそやはり引っ越し奉行に適任かもしれぬ。みな己の役目のことは知っていても、藩全体のこととなるとおぼつかない。右手のやっていることを左手が把握しておらぬありさまよ。またそうでないと、藩の勤めをこなすことはできぬ。全てを知っているとすれば、そうだな、ご家老か次席家老たちくらいだ。まさかその方たちを引っ越しの先頭に立たせるわけにもいかぬ」

「前任の板倉殿も苦労されていたのでしょうね」

「ああ。しかし板倉はそんな苦労をまわりにみじんも感じさせなかった。皮肉にも亡くすとわかるものだ。かつての国替えでは板倉が藩を支えていた」

残念そうに言った中西の言葉には真意がこもっていた。

板倉は春之介のように上士ではなかったため、引っ越しの作業をとりまとめるのにもひとかたならぬ苦労があったことだろう。多分、それを助けたのは人柄だったに違いない。春之介はその苦労を偲んだ。その娘、於蘭のためにも役目を果たしたい。

廻船問屋、和泉屋は港の西の端に大きな店を構えていた。荷役の者や船の手配師が大勢出入りし、銭や怒号が飛び交っている。

「ご主人はいますか」

春之介が手代らしき者に声をかけた。

「番頭ならおりますが」

手代は侍二人の突然の来訪に驚いたようすだった。通常、話があるなら和泉屋のほうから藩のほうへ訪ねていく。城から藩士が直々に訪ねてくるのは異例のことであった。

「では番頭に言ってくれませんか。引っ越し奉行の片桐が来ていると」

「引っ越し奉行さま……。はい。お待ちください」

手代はわけのわからぬ状況にとまどいつつも、そのまま奥に走った。

「これはこれは遠くまでおいで頂き……。まさか中西さままでお越しとはありがたく存じます」

和泉屋の主人は深々と頭を下げた。

「私は引っ越し奉行の片桐といいます。実はこたびの移封について相談に参りました」

「はい、高札で読みました。突然のことでまことに残念な……」

「ええ。この地を離れることとなろうとは思いもしませんでした」

「私どももずっと松平さまにこの地を治めて頂きとうございました」

春之介は頷《うなず》いた。引っ越すということは、多くの者と別れるということでもある。その土地で暮らし、顔見知りになり、話を交わして築いた関係を手放し、また新たな場所で心地よい住み処《か》を築かねばならない。

「そこで実は松平さまにお願いがあります」

和泉屋の主人がすがるような目をした。

「大変無礼なお願いとは重々承知でございますが、先日私どもがお納めした金を戻して頂きたいのです」

「……なに？」

春之介は呆然《ぼうぜん》とした。金を借りに来たはずが、いつの間にか金を返してくれという話になっている。

「中西殿、我が藩はこの店に金を借りていたのですか？」

春之介は小声で聞いた。

「いや、そんなはずはない」

中西は持参した帳面を素早くめくって確認した。和泉屋に対してはごく少額の買掛金（未払いの代金）は残っているが、それは十両に満たない額である。

「ご主人。この十両たらずの買掛金を返してほしいということですか」

春之介は聞いた。

「いえ。返して頂くのは三百両……」

「三百両？　そんな金を借りたという覚え書きは残っていませんが」

「それは帳面に載らない金です」

「どういうことです？」

「片桐殿。この話は根が深そうだ」

中西が腕組みして言った。

「といいますと？」

「袖の下よ」

中西が控え目に言った。

「えっ。まさか……」

「和泉屋。お主、誰に賄《まいない》を贈っておった」

中西の目が鋭く光った。

「中西さま、それはご勘弁ください」

「我らは今まさに危急のときでな。この際、我らも腹を割って頼みたいことがある。はっきり申せ。お前が言うたとは漏らさぬ。悪いようにはせぬぞ」

「はい、ならば……。お贈りしたのは次席家老さまです」

「やはり藤原さまか」

中西が渋い顔をした。

春之介もびっくりして藤原の横柄な顔を思い出した。商人から賄を得て、どんな便宜を図っていたのか。

「松平さまはこのたび豊後日田に行かれると聞きました。そうなるとあの三百両は無駄になってしまいます。藤原さまは今後三年間私どもに御用船を全て任せると約束してくださいましたが、移封となってはそれも空手形になりますゆえ」

和泉屋の主人が心苦しそうに言った。

「なるほど」

春之介はうつむいた。これでは金を借りるどころではない。むしろこんなことになってしまってすまないと詫《わ》びねばならぬ。

だが中西が切り返した。

「しかしそれはご主人と藤原さまが私的に交わした約束であろう。金を返すのは藤原さまで、藩の正式な役割ではない」

「ごもっともでございますが、藤原さまは移封が決まってからというもの、いっさい会うてくだされませぬ。屋敷に行っても留守だと言われ、当然城にも行けませんし。このままだんまりで引っ越されては当方の浮かぶ瀬もございません」

主人は悔しそうに言った。

通常ならば私的な取引だからと、知らぬ存ぜぬを決め込むこともできようが、今は何としても金を借りねばならぬ。このような引っかかりがあっては和泉屋も金を貸すとは言わないだろう。

「あいわかりました。これは我が藩に非があるようです」

春之介は言った。

「おい、片桐……」

中西が春之介をちらりと見た。

「藩士の責任は藩の責任。私が次席家老にかけあってみましょう。そのかわりと言っては何ですが、移封に際して我が藩も金策せねばならぬ事情があるのです。この件が落着したならば、千両ほど貸してもらえませんか」

「千両ですって？」

和泉屋が目をむいた。

「片桐さま。失礼ですが、返す見込みはおありですか」

「ある。時はかかるが、きっと返してみせる」

「そのようなことを言われましても、お武家さまによってはなかなか返して頂けぬことも多うございまして……」

「和泉屋、無礼であるぞ」

中西が眉を上げた。

「しかし先ほどは腹を割って話せとおっしゃいました。三百両が無駄になりそうな上に千両とはあまりにもつろうございます」

「待ってください」春之介が言った。

「必要なのは千両ではなく七百両です。藤原さまから取り戻した三百両をそのままこちらに貸しつけて頂けませんか」

「なるほど」

和泉屋は顎に手を当てて考えている様子だったが、やがて言った。

「ですが、松平さまは日田に行かれてしまいます。豊後はあまりにも遠く、何かあった場合にもなかなか話し合いにうかがえません」

「それはそうだが……」

春之介は腕を組んだ。

（つまり、信用してないということだ）

さすが和泉屋は商売人で、よく情報を集めている。減封された藩の財政がどうなるかわかっているのだろう。これから松平家の台所は火の車だ。そんなところに金を貸そうという者はなかなかいない。

春之介はこの金策の困難さをあらためて悟った。藩内では無理を言っても倹約できたが、相手のあるところでは無理強いできない。ずっと姫路にいれば和泉屋にいろいろ便宜を図ってやることもでき、先方も金を貸すことでの利得もあろうが、日田に行くとなれば心許ないだろう。それは春之介にもわかる。借金を踏み倒されては和泉屋としても身代にかかわることだ。

（どうしたらいいのか）

春之介は進退窮まった。ここで金を借りられないとなれば、他の商家も同様であろう。伝統と由緒ある松平家が多数の浪人を放り出して破綻すれば大いなる恥であり、ご先祖さまに申し訳がたたない。結局のところ、春之介は腹を切ることになるだろう。

ふと於蘭のことが頭に浮かんだ。

（嫌だ。死にたくない）

春之介は痛切に思った。心を打ち明けぬまま死にたくないし、心が通じたとしてもすぐ死ぬのは嫌だった。自分が死ねば母も嘆き悲しむだろう。己のため、母のため、なんとかせねばならぬ。できることは今目の前にある現実を変えることだ。

今できることは何か。

春之介は迷わず額を畳に叩きつけた。

「お願い申す！　金子《きんす》を融通してくだされ」

「ば、馬鹿！　片桐、何をやっている！」

中西が狼狽《ろうばい》した。

「こうなればもはや心から頼むことしかできませぬ。頼む、和泉屋！　金を貸してくれ！」

春之介は根太《ねだ》がゆるむほどの勢いで頭を叩きつけた。

「頭をお上げください、片桐さま……」

「上げぬ。金を貸すというまでここを一歩も動かぬ。きっと返すゆえなんとしても頼む」

「弱りましたなぁ……」

「和泉屋。一つ提案がある」

春之介を放っておいて中西が切り出した。

「なんでございましょう」

「我が藩が移転する日田の近くには湊《みなと》が多くてな」

「ほう」

「実は日田で播磨《はりま》の酒を売ろうと思っておる」

「酒を？」

「うむ。播磨の酒は土産としてどこに持っていっても喜ばれてのう。その評判は灘《なだ》の酒と並ぶほどじゃ。江戸への下り酒も活況を呈しておるし、九州でこれを売ればきっと利が出ると思うてな。今度姫路に入られる本多さまと組む段取りになっている」

「それは耳寄りな話にございますな」

和泉屋の背筋がしゃんとした。春之介がいくら頭を下げてもそこは商売人、情けのみでは動かない。しかし利があるとなれば話は別である。和泉屋の態度の急変に春之介は驚いた。

「中西さま。酒は船で運ぶのでしょうな」

「さよう。商いが大きくなれば仕入れは毎日でも必要になる。瀬戸の海運に詳しい者がいればと思っておったのだが……」

「その勤め、ぜひ私どもにお任せ頂けませぬか」

和泉屋がぐいと膝を寄せた。

「ま、やるとしてもこの話は我が藩の引っ越しがつつがなく終わってのことよ。その費用に今、苦しんでおるということなのだ」

「わかりました。この和泉屋、力になりましょう。御用金、二千両ではいかがでしょうか」

「ほう、そうか。ならば用立ててもらおう」

中西はさも当然という風に言った。

(二千両⁉)

春之介は目をむいた。先ほどまで一銭も出さぬという気色だったのに、商売の話を持ち出したとたん倍の金額をも出そうというのである。その決断の早さこそが商人の力か。何事においてもなかなか決まらぬ城の中とはえらい違いである。もちろん、和泉屋の金蔵に小判の山が築かれているということもあるだろう。それにしても年貢と蔵元の細々としたあがりだけをひたすら倹約して使う武士とはまるで違った。そこには全力で儲《もう》けるという思想があった。

「よしなに……」

和泉屋が頭を深く下げた。

「片桐殿、帰ろう。話はついた」

中西は立ち上がった。


店を出ると、並んで歩きながら中西が口を開いた。

「片桐。武士たる者がやすやすと頭を下げてはならぬ。お主が頭を下げるということは、我が殿が頭を下げることと同じなのだぞ」

「申し訳ありません。しかしあのときは何も打つ手が見つからず……」

「交渉ごとというのは相手に利を与えつつ、こちらの利も得ることだ。そうでないと人は動かぬ。初めに言うたであろう。頭を下げるのは考えることから逃げるのと同じだ。無防備になれば相手から好きなように斬られる」

「なるほど、肝に銘じます。……しかし播磨の酒を日田で売るとはすごい。そんなことを計画されていたのですね」

「計画などしておらぬ」

中西はしれっと笑った。

「ええっ⁉」

「お主の不毛な土下座を見ながらとっさに思いついたことよ。九州は日本酒を造るのに適さぬ不毛な土地が多い……。だからといってそうやすやすと播磨の酒が売れるかどうかはわからぬ」

「出まかせだったのですか！」

春之介は唖然《あぜん》とした。しかしその結果、和泉屋が金を出したのは確かである。

「とにかく金を借りねばならぬ。引っ越しの費用だけではなく、日田でもできるだけ多くの藩士を養うことが必要だ。江戸でも留守居役の仲田小兵衛殿が藩の親戚筋から苦心して金策しておられるらしい」

「藩を上げての金策にございますな」

「さよう」

どっしりと答えた中西がどこか大きく見えた。

（なんだ。初めはしぶっていたくせに、やればできるではないか）

春之介は微笑んだ。きっと死線を飛び越えるのが難しいのだろう。

「そうだ片桐、二千両の他に、あと三百両ぶん取ってこいよ」

「やはり私がですよね……」

「お主から言うたのではないか。たとえはったりでも実現すればそれは本当になる」

「腹が痛くなってきました」

「こらえよ。なにせこたびの引っ越しは戦だからな」

　中西が唇の端で笑った。


　一方、和泉屋では春之介たちが帰った後、主人と手代が話していた。

「旦那さま、あれでよかったのですか？」

「ふふ、わかっておる。酒のことなど出まかせよ。しかし考えてみれば悪い思いつきでもない。少なくとも一年は物珍しさで売れるだろうな」

「なるほど、そこまで考えられていましたか」

「しかし何より、あの土下座よ」

　和泉屋は思い出して笑みを浮かべた。

「あんなきっぱりした土下座は見たことがない。武士のくせに町人に頭を下げるとは……ふっふっふ。これは百年たっても忘れられぬ。藤原の奴にはいつも威張られて辟《へき》易《えき》していたが、長年の胸のつかえが取れたわ」

　和泉屋は楽しげに笑った。

十　墓

商人や蔵元をまわる金策のかたわら、春之介は雑事にも悩まされた。引っ越しはもはや七日後と迫った中、城のさまざまな者が相談にやってきて、ある者は「俳句を習っているが、引っ越しをすれば師と会えなくなる。日田にはよき俳句の師はいるのか」と尋ねてくるし、ある者は「妾《めかけ》を連れて行きたい。どこかよい妾宅《しょうたく》を用意して欲しい」と頼んでくる。日田の具体的な様子など春之介にわかるはずもない。

下見に行っている者は別にいるが、それは城の様子を見たり、日田の代官と話すだけだ。生活のことなど何も調べておらず、報告も上がっていない。

しかし上役の頼みともなれば、むげに断れないため、いちいち日田に問い合わせねばならなかった。

今の日田は幕府直轄領であるため代官が治めているが、あまりに妙な問い合わせばかりすれば、幕府に報告が行くことになるだろう。下手をすればさらに綱吉の怒りを買うかもしれない。

(もうやめよう。ささいなことは日田に着いてから考えればいいことだ)

春之介は腹を決めた。まずは金策と運搬を成功させることである。

そう思ったとたん、次席家老の藤原が御用部屋に訪ねて来た。

「片桐殿。よろしいかな？」

藤原は剣呑《けんのん》な顔をしていた。数日前、鷹村とともに屋敷に行き、廻船問屋からもらった賄賂の三百両の返還を要求したのである。「もともと引っ越しの費用として渡そうと思っていた」と言い逃れ、金は出したものの、荷物の処分以来さらに春之介を恨んでいるようすであった。

「藤原さま。いかがされました？」

「ちとお主に相談があってな」

「なんでございましょうか」

「墓のことよ」

藤原が不気味に笑った。

「墓？」

「先代さまをはじめ、ここの墓地には多くの方が眠っておられる。国替えとなればこの墓をいかがするつもりか」

「それは……」

春之介は詰まった。まさか墓を日田まで運ぶわけにもいかない。重いし、寺へ改葬の手続きを頼むだけでも途方もなく時がかかるだろう。やらなければならないが、完全に見落としていた。

（御霊《みたま》だけを運ぶことはできないだろうか）

そこまで考えて春之介は苦く笑った。このところ藩の荷物を減らすことばかりやっていて、なんでもかんでも捨てるか、あるいは小さくして運ぼうと考えるのが癖になっている。

「急ぎやるにはどうすればよいか、菩提寺《ぼだいじ》にたずねておきます」

「大事なことゆえ粗相なきようにな。あと、人減らしの数は決まったか？」

「……減封のために辞めさせる者でございますな」

「そうじゃ。しかと考えたであろうな」

「はっ」

頷きながら、春之介は気が重くなった。藤原は、藩を辞めさせる者に対し、その沙汰を直接春之介が言い渡すよう言いつけたのである。

また、辞めさせる者は藩の各役の長が名簿をまとめ、能力の低い者を推してはいるが、最終的に決めるのも春之介の役目とされていた。

「で、いかほど辞めさせるつもりじゃ」

「……まず八百人は辞めて頂かねばなりませぬ」

「なに？　それだけで済むのか」

藤原が意外そうな顔をした。

姫路藩の人数は江戸の者も合わせて、三千人あまりである。そのうち八百人となれば、辞める者は約四分の一にすぎない。

「辞めさせる人数が少ない理由の一つには、我が藩が姫路城の枷《かせ》から逃れられるということがあります。この城はかつて池田《いけだ》輝政《てるまさ》殿が五十二万石の規模で造り変えたものゆえ、その維持に相当な金がかかっておりました。日田に行けばこの分はまず余裕が出ましょう。あそこには陣屋があるだけですから」

春之介は書庫で得た知識を頭に思い浮かべながら言った。

「なるほどのう。しかし藩士の残りが二千名を超えるなら日田の年貢の収入だけでは養えまい」

「はい。郷村高帳《たかちょう》を確認してみますが、やはり無理でしょう。となると、あちらで新しき事業を興さねばなりますまい。たとえば中西殿は播磨の酒を日田に船で運んで売ればよいと考えていますす。このあと姫路に入られる本多さまとの相談も必要になると思いますが」

「そんなこと、うまくいくはずがない」

藤原は鼻で笑った。

「藤原さま。なぜそうやってすぐに足を引っ張られるのです。否定されるのなら、せめてそれに代わる案をお出しください。皆、懸命に藩の生き残りを考えているのですぞ」

「わ、わしとて考えておるわ！」

藤原がこめかみを震わせて怒鳴った。

「藩士をできるだけ辞めさせせぬようご協力頂けるのですな」

「むろんじゃ」

「ならばさっそくやって頂きたいことがあるのです」

「なんじゃ。もう三百両出したであろう」

藤原はいまいましげに言った。

「あれはもともと藩のための金でござる」

春之介はにべもなく言った。

「しかしな……」

「お願いごとは別にございます。やや言いにくいのですが」

春之介は下腹に力を込めて口を開いた。「身分の高い方には、禄高を下げて頂きたいのです」

「なに？」

藤原の顔が不安そうに曇った。

「大きな屋敷を構え、多くの下男下女を養うよりも、小さな家に移り住み、藩士の多くを残したほうが藩のためでございます」

「馬鹿な！　そんなこと、誰も承知するわけがない」

「そうでもございませぬぞ。多くの者を浪人にするよりは、己の俸禄を下げてくれと自ら言って来られる方もいるのです。今は藩始まって以来の危機、なんとしても生き延びねばなりませぬ。我が藩を辞めさせられ、浪人となればどれほどの苦労をするか、おわかりですか？」

「それはわかっておる」

「いえ、失礼ながらわかっておられませぬ。今までは部屋住みでも少しばかり勤めておれば俸禄がもらえました。しかし浪人となれば家屋敷も勤めもなくなるのですぞ」

言いながら春之介はふと今までの自らを恥じた。長きにわたり、ろくに藩の勤めもせず、ぬくぬくと俸禄をもらってきた。今こそ、藩に恩返しすべきときである。

「家族を養っている者はもっと悲惨でございます。領民のように畑も耕せず、商いもできず、持っているのは武士の誇りだけ。そのようなありさまで浪人になり、たやすく生きていけると思いますか」

「むむ……」

「辞めさせるにしてもその後生きていけるよう、短い間に鍛錬せねばなりませぬ。それがせめてもの情けでございましょう。なにせ、ろくな手当《てあて》も渡せないのですからな」

春之介がそこまで言ったとき、からりと御用部屋の戸が開いた。

「はっはっは、聞きましたぞ。確かに面白きお人にござるな」

見たことのない顔が春之介の御用部屋にずかずかと入ってきて、春之介は呆気にとられた。

「何者じゃ、無礼者！」

藤原が思わず刀の柄《つか》に手をかけた。

「失礼。つい立ち聞きしてしまいました。わしの顔を知らぬのも無理はござらぬ。姫路に帰るのは久しぶりにて……。わしは江戸留守居役、仲田小兵衛でござる」

「お主、仲田小兵衛か」

藤原が小兵衛の顔をまじまじと見た。小兵衛は国家老の本村にはよく会うものの、藤原に会うのは約十年ぶりである。

「しかし留守居役が江戸を留守にして、こんなところで何をしておる」

「危急のときです。堅苦しい話はなしにしましょう」

小兵衛が明るく笑った。

「国元で引っ越しの費用を半分にしている者がいると聞きましてな。急遽《きゅうきょ》相談に参ったのです。引っ越し奉行はあなたですかな？」

小兵衛が春之介を見た。

「はい。片桐春之介と申します」

「ああ、思い出した」

「えっ？」

「お主、かたつむりと呼ばれていた男だったな」

「えっ、まあそれは……。はい」

春之介は顔を赤らめた。

「そうか。知恵を絞って引っ越しの費用を倹約し、金策もしてくれているそうだな。

頼りになる」

「いえ、それほどでもありませぬが」

春之介は驚いた。自分の話が江戸まで伝わっているのか。

「藤原殿」

小兵衛は次席家老のほうを向いた。

「なんじゃ」

「俸禄を減らす件ですが、これは江戸におられる殿も同じ考えでござる。できるだけ辞める者の出ないようにしろとの命でしてな」

「そんな馬鹿な！」

「書状を送って確かめてみてはいかがですか。私はこの片桐と少々話をしたいのですが」

「ふん……。勝手にしろ。嘘《うそ》をつくとただではすまさぬぞ」

藤原は畳を蹴立てて部屋を出て行った。

「さて、片桐殿。さっそくだが、私も一つ策を持ってきた。お主の知恵に触発されてな」

小兵衛が膝を乗り出した。

「策と申しますと?」

「江戸よ。藩士をできるだけ多く江戸に住まわせるのだ」

「江戸に?」

春之介は首をかしげた。移封先は日田である。

「減封となれば日田の家屋敷も半分になろう。しかし我らが江戸に新たに割り当てられた屋敷はかなり広い」

「たしか今、江戸には九百人ほどおられましたな」

「うむ。参勤交代で江戸にいる者もあるからのう。減封となると、通常、江戸屋敷も石高の規模に合わせて小さくなるものだが、新たな屋敷の広さは今の屋敷とそう変わらぬ」

「そこに藩士を住まわせるということですか?」

「さよう。それに江戸には傘張りや竹籠づくりなど仕事も多い。腕の立つ者は武術道場の師範の口もあろう。中間《ちゅうげん》を雇わず、下男下女の仕事を藩士の妻女がやれば、千二百人ほどは収容できよう」

「そんなに……」

希望の光が見えてきた。これなら辞めさせる者もさらに少なくできるかもしれない

――。

春之介は小兵衛を見つめた。江戸にも藩のことを考え、走り回っていた者がいたのだ。

引きこもっていたころには敵に見えていた藩の者たちが、今や心強い仲間に思える。

「日田に行かせるよりも、江戸のほうが安くつきますな。なにせ日田には海を越えて行かねばなりませぬ」

春之介が頭の中で銭勘定をしながら言った。

「そのことだけを考えたのではない。我らはこの後、さらに何度も転封させられる恐れがあるのだ」

「ええっ⁉　どういうことですか」

「先代の直基さまが何度も転封になったのはご存じであろう。そもそも我らのような親藩は度重なって転封させられることが多い」

小兵衛が言った。春之介のいる越前《えちぜん》松平家だけでなく、松井松平家なども転封が重なっている。

「確かにそうでございますな」

「まだ一つ予想されることがある。こたび我らは減封となったが、その後手落ちがなければ加増の上で転封となるはずだ。今までの幕府のやり方を見ていればわかる」

「ふたたび加増に……」

　春之介は腕を組んだ。

　徳川ゆかりの血筋の松平家ゆえに、罪が許されることもあるのか。もちろん留守居役たる小兵衛のこれからの働きかけも必須であろうが。

「しかし、加増されるとしても転封を繰り返すとなると、引っ越しの費用がかさみますね」

「ま、痛し痒《かゆ》しよ。そのことも考えて、江戸に藩士を集めようというのだ。国元の人数が少なければ引っ越しの手間も減る。何度も引っ越しに耐えられるように備えるのが肝要じゃ」

「なるほど、国元の人も物も減らしておくのがよいですね」

　そうすれば確かに費用は減るだろう。しかし転封のたびに春之介は引っ越し奉行として先頭に立たなければならない。気が重くなった。

「しかし片桐殿。まずはこたびの引っ越しじゃ。減封ゆえ、もっともつらいものになる。心苦しいが、能がない者から切らねばならぬ」

「能がないと言っても怠けているわけではないでしょうに……」

言って、春之介はふと気づいた。もし自分が奉行になっていなければ、真っ先に春之介は藩を辞めさせられただろう。そうなれば引きこもっていただけの自分はまったく暮らしの役に立たず、路頭に迷う羽目になったはずだ。

そうならないためには藩にしがみつくしかない。

(そうだ、辞めなければいい!)

春之介はひらめいた。

さきほど小兵衛が加増と言っていた。そして書庫で見た伝記にあった故事もあわせて思い出した。

「仲田殿。このことで私に一つ考えがあります」

「なんだ?」

「まずは藩を辞めさせた者を帰農させるのです」

「帰農? 百姓にするということか」

「はい。藩を辞め散り散りになってしまったら、生活する力がない者も出てきましょう。家臣が一致団結して、田畑を耕すのです。そうすれば藩の墓も動かすことなく守ってもらえましょう。また武器など重くて役に立たない物はそのまま姫路に置いていけばよいのです」

「役に立たない？」

春之介の言葉を聞いて小兵衛は目を白黒させた。

「はい。戦国の争乱も終わり、もはや刀を抜くことなどありませぬ。いわばあれは飾りでございます」

春之介は今、そばに鷹村がいなくてよかったと思った。御刀番のあの男が聞けば怒り狂うだろう。

「しかしな、お主……」

「まだです。お聞きください。武器は関所で止められやすいということもあります。ご存じでしょう？」

「入り鉄砲に出女か」

小兵衛が答えた。江戸を守るため、関所での武器の改めは執拗《しつよう》であるし、粗相があれば通れなくなってしまう。また江戸で人質としている大名の妻を地方に帰させぬため、関所を出る女は厳しく詮議される。

「大名の国替えでも、かつて武器を運んだ際に咎《とが》められることがあったそうです」

「なるほどな。しかし帰農させた者がいつまでも武器を見ていてくれるものか……。金でも払うのか？」

「いえ、払いません。辞めるのはいっときのことですゆえ」

「えっ？　どういうことだ？」

「こたびの移封では辞めることになりますが、それは武士をしばらく休むだけです。仲田殿が先ほどおっしゃられたように、我が藩がいずれ加増されるなら、再び藩士たちを仕官させることもできるはず……」

「しかし、そんな話は聞いたことがない」

「伝記によれば、かつて甲斐《かい》武田《たけだ》家が滅びたあと、その残党の多くは帰農したそうです。しかし、本能寺の変の際には再び武士として立ち上がり、織田家の家臣を討ったとのこと。また、その後の天正壬午《じんご》の乱においては旧武田家臣の多くが徳川家に好待遇で迎えられ、後に大名になった者もおります。つまり我が藩も雌伏して、復活のときを待つのです」

春之介は一気に言った。

「その案やよし！」

小兵衛が破顔して膝を打った。

「そうか、なるほどのう……。実は殿も、辞めざるを得ない家臣のことをひどく心配されていたのじゃ。しかし今お主が言った案であれば、一時は藩を追われようとまた復帰できるということではないか」

「はい。再び加増されるよう、江戸での働きかけをよろしくお願いします」

「むろんだ。お主のような知恵者が国元におるのを見て、わしの胃もずいぶんと楽になったわ。お主確か、できが悪いと言われていたはずだが……。いかにして修行したのだ？」

「かつて引きこもっていた書庫にたくさん師がおりました」

　春之介は微笑んだ。

「あっぱれ、書物が師か。そういえば確か、かの剣豪宮本武蔵殿もこの城に幽閉され、書物を読んで修行したと聞く。ふふ、面白い奴よのう。この働きは殿にもしっかりと伝えておくぞ」

　小兵衛が春之介の肩をどしんと叩き、立ち上がった。

十一　言い渡し

　翌朝、春之介は恐ろしい夢の底から母の波津の手によって揺り起こされた。

「大丈夫ですか？　ずいぶんとうなされていましたが」

「悪い夢を見ていました」

春之介は額に浮いた汗を腕でぬぐった。寝間着も気持ち悪いほどびしょ濡れである。

「まあまあ子供みたいに」

波津は庭の雨戸を開けると素早く春之介の布団をめくった。朝の寒気が濡れた肌を刺す。

春之介は慌てて寝間着を脱いだ。

「気を張って勤めてくるのですよ。近頃は諸方であなたの評判もよく聞きます。私も鼻が高い……。お父様が生きておられたらきっと喜ばれたでしょうに」

母が笑みを浮かべた。引きこもっているときは苦虫ばかりを嚙んでいたが、今やようやく普通の母としての喜びを味わっているのだろう。

「でも今日は再び引きこもりたい気分ですよ」

のろのろと起き上がりながら春之介は言った。

「まあ！　馬鹿なことを言うのではありません。立派な役目を頂いたのですから」

「……冗談ですよ」

春之介は肩をすくめた。

(役目を頂いたのではない。押しつけられただけだ)

今日という日はさすがに藩の幹部たちを恨めしく思う。

これから登城したあと、五百人ほどの者に藩を辞めてもらうと言い渡さねばならない。小兵衛の、江戸に多数住まわせるという案で辞めさせる者の数は減ったが、それでもこれだけ残っている。

想像すると、不安で腹を下しそうだった。さきほども夢の中で藩士に辞めるよう告げた途端、抜き打ちに斬られてしまい、春之介は大いに冷や汗をかいた。

（どのような顔で行けばよいのか……。深刻な顔で告げるよりも、むしろ明るく言ったほうがよいかもしれぬ）

あれこれ考えながら味のしない飯を食い、玄関に立った。

「では行ってきます」

「気をつけていくのですよ」

「はい」

しかし踏み出したものの足がすこぶる重い。膝の継ぎ目が痛む。

それでも春之介は我慢して、ひょこひょこと歩き出した。空は曇り、今にも雨が降り出しそうである。

門の前まで波津が見送ってくれた。

「待ちなさい、春之介」

「なんですか?」

母の声の調子をけげんに思い振り向いた。

「どうしても嫌になったら、帰ってきてもいいのですよ。……あなたはもう十分に頑張りました」

波津の目が少し潤んでいた。さすが産みの母だけあって春之介の苦境を直感的に察したのだろうか。

「ただの悪夢ですから」

波津の心配する様子を見てむしろ春之介は楽になった。こうなったらもう当たって砕けるのみである。

もっとも、夢より酷《ひど》い現実があることを春之介はまだ知らなかった。

最初に処遇を言い渡したのは寺社奉行支配吟味方改《あらため》役の山里一郎太《やまざといちろうた》である。

帰農するよう言い渡したとたん、

「百姓になれと申すか!」

と、猛烈に怒鳴られた。

春之介はつとめて明るく切り出したが、それでよけいに怒りを買ったらしい。

「藩を追われるだけならまだしも、身分を落とせとはどういうことか！」

「それは、確かなる暮らしをするためです」

春之介は気持ちを装うのをやめ、落ち着いて素で答えた。こうなれば腹をくるのみである。

「確かなる暮らし？」

「はい。貴殿が再び我が藩に仕官されるまで、しっかりと生き延びて頂かねばなりませぬ」

「再び仕官とは……。どういうことだ」

山里が春之介を睨んだ。

「何もずっと田畑を耕してくれとは申しません。江戸留守居役の仲田小兵衛殿の読みによれば、ほとぼりが冷めたあと、我が藩は再び加増されるようです。そのときこそ再び仕官していただきたい。こたびの措置は、いわばいっとき武士を休むだけのことです」

「まことか。我らは再び武士に戻れるのか？」

「そうなるよう全力を尽くします。そのためにも皆で協力し、暮らしを立て、自家の復興をお待ちください」

「うむ……。それにしても、なぜわしなのだ。働きの悪い者もおったであろう」

「はい。山里殿には、寺院に貸し置いていた仏像を引き上げるとき、実に見事な手際を見せられました。なかなかにできぬことです」

「ではなぜ……」

「姫路に残る者の中には優秀な人材がいなければならぬのです」

春之介は前のめりになって言った。

「働きの悪い者ばかりでは早晩、田畑も枯れてしまいましょう。そうなると暮らしも立ちません。皆をまとめ、田畑を耕すにも工夫をできる者が必要なのです。また、藩の墓を守り、武具の手入れもして頂かねばなりません」

「それでわしか」

「はい。山里殿を信用しておるのです」

「なるほど。藩に戻すというのは本気のようだな……」

「はい。どうか加増されるまで耐えてください」

春之介と山里は見つめ合った。

山里は一つ頷くと席を立った。春之介を信じてくれたらしい。

一人と話し合うだけでどっと疲れてしまった。

しかしそのあとはもっと酷かった。ほとんどの者は藩に戻すと言ってもろくに信用せず、嘆き、悲しみに溺れた。家族を持たない部屋住みの者が多く選ばれていたが、中には老いた親を養っている者もいる。全ての話し合いにおのおのの人生の行く末がかかっていた。その話し合いをわずかな時で終わらせねばならないのである。

（おのれ、藤原め）

言い渡しをするよう命じた次席家老を憎んだ。しかし辞めさせられる者はもっと辛い。ある者は怒り、ある者はあきらめたように何も言わなかった。

絶望した者の無言のほうが春之介にはこたえた。むしろ痛罵されるほうがいい。人の人生をへし折るというのはこんなにも辛いことなのか。

ほんの少し運命が違っていれば、首を切られているのは自分だった。母は悲しみのあまり自害してしまったかもしれない。

また、加増の折に仕官させるといっても、実際のところはどうなるかはわからない。そういう傾向があるというだけで、実際のところは将軍綱吉の胸三寸である。

それでも、わずかな期待を皆に伝えるしかなかった。

二日にわたる言い渡しを終えたあと、春之介は物も言わずに城を出た。何もかもが嫌になっていた。

向かった先は於蘭の家である。

「於蘭……」

戸口でいつもの清楚な於蘭の姿を見た刹那、春之介の目が潤んだ。

「片桐さま！　どうされたのです、そんな青い顔をして」

「少し疲れました」

春之介はうつむいた。もう立っている気力もない。

「とにかく奥へ。どうぞ」

於蘭につきそわれ、春之介は家に上がった。親しんだ居間に通されると、春之介は崩れるように座り込んだ。

於蘭が火鉢に火を入れて持ってくる。

「上は辞めさせろと簡単にいうが、実に人の一生がかかっているのです。私は、私は……」

それ以上、言葉にならなかった。皆に直接恨まれるのは処遇を言い渡した自分である。

「春之介さまは多分、父よりも大変だったのでしょうね」

そう言うと於蘭が胸に春之介の頭を抱いた。息が苦しくなる。しかしその柔らかさが春之介の心をゆるめた。今の春之介に必要なのはまさしくそれだけだった。

於蘭の優しさが心に染み込んでくると、堰《せき》を切ったようにこらえていた哀しみがあふれた。春之介はようやく泣けた。於蘭の藤色の着物を春之介の涙が濡らす。

「すみません、於蘭殿。着物が濡れてしまいました」

「何をそんなこと……。着物など気にされなくてよいのです。きっとあなたさまは誰よりも誠意を持って話をされたのだと思いますよ」

「誠意を尽くしても辞める者たちの暮らしが楽になるわけではないのです」

そこまで言って春之介は顔を離した。自分だけが癒やされるわけにはいかない。

「皆を楽にするためには、一日も早く我が藩が加増されるよう働かねばなりません。いや、それだけでなく日田で開墾や商いをして実際の石高よりも稼げばきっと……」

「春之介さま！」

「な、なんですか」

「お願いですから、今日はこのまま休んでください。でないと春之介さまが壊れてしまいます！」

於蘭が大きな目に涙を浮かべた。必死に心遣ってくれていた。

「於蘭殿……」

「もう何もおっしゃらなくてもいいんです」

於蘭はもう一度、春之介の頭をしっかりと胸に抱いた。

十二　出立

ついに引っ越しとなったその日、姫路城の中庭には、先行の千二百名ほどが門前に並んでいた。御座船の手配の関係もあり、家臣たちは何回かに分けて日田に向かう。それでも参勤交代を遥《はる》かに超える規模であった。

行列を引率する鷹村が大声で言う。

「皆の者、準備はよいか。道中は、立ち寄り見物、押し買いや押し売りをしてはならぬ。また遊女や博打《ばくち》、喧嘩《けんか》口論もいかぬ。けして騒ぎを起こすなよ」

「一番喧嘩っ早いのは貴様であろう、鷹村！」

誰かが野次を飛ばして笑いが起こった。

「我慢するさ。到着が遅れて出費がかさめば春之介が腹を切らねばならぬ」

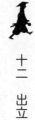

「ええっ！」

春之介は慌てた。

「まあ、わしの腹が痛むわけではないがな」

「鷹村殿、絶対に遅れてはなりませぬ。私が腹を切るなら、引率のあなたも同罪ですよ」

春之介は不安を覚えつつ言った。城の引き渡しがあるため、春之介はまだ姫路にいなければならない。鷹村に行列を託すのはやや心配であった。

「おびえるな、かたつむり。きっちり俺が日田まで皆を連れて行ってやる」

鷹村はにやりと笑った。

春之介はよけい不安になった。

「では日田に向かうぞ。一同、立ちませい！」

「おう！」

いっせいにかけ声がかかって、行列は歩き出した。荷車は安く雇った川北屋の人足たちが引いている。船旅が無事に終われば、引っ越しの八割は終わったようなものだ。

金策は春之介と中西、そして江戸の殿さまと小兵衛の奮闘で借金まみれになりながらもなんとかなった。

（あとは計画通りいってくれ。頼む）

春之介は手を合わせた。

しかし、この旅は、何度もあった転封の中でも、もっとも困難なものの一つとなることを春之介はまだ知らなかった。

十三　姫路城引き渡し

家臣のほとんどが旅立ったあと、春之介は国家老の本村、そして江戸留守居役の小兵衛とともに大天守鉄砲の間へ向かった。ここで新たに姫路に移封されてくる本多家を迎えることとなる。

転封が命じられた以上、姫路城は自家のものでなくなるため、家中屋敷や屋敷内の竹木、また領内の山林も荒らさないようにと幕府から指示が来ている。

城はきれいに掃除され、城に備えつけの武具も整理されていた。この武具一つとっても、元々城にあったものか、それとも自家の所有物なのかを判別するのが困難であったが、越前松平家より前に姫路を治めていた榊原《さかきばら》家の者と連絡が取れ、詳しい話を聞くことができて事なきを得た。その他、日程調整や帳面の作成、統治内容の引き継ぎなども江戸にいる小兵衛が奔走し、諸藩の転封のときの経験や情報を集め、類似する先例に基づいて処理をした。この間、春之介と小兵衛の間では何度も飛脚による書簡の往復があり、共に苦労する者同士、いつしか強い友情を覚えていた。

本村が聞いた。

「片桐。城内の米二万俵に粗相はないな？」

「はい。お引き渡しの重要な事柄ですので念入りに確かめました」

「よし。これでいよいよお別れじゃのう」

本村が寂しそうに言った。

天下の名城、白鷺《しらさぎ》城は美しいだけでなく、居心地よい城でもあった。春之介も、半ば住処としていた書庫を離れるのは残念だった。しかし今や藩士たちも日田に向かい、城は閑散としている。本村と交わす声も大きな空間の中で必要以上に響いた。

引き渡しは、各家の家老、留守居役が中心になって行われるが、その前にまず幕府から派遣された上使による城あらためがある。

ひと月前、江戸留守居役の仲田小兵衛から幕府に城絵図、城付武具帳、詰米帳などが提出されており、それをもとに上使が実地検分するのである。

「来られましたな」

小兵衛が立ち上がった。

上使は二名で、春之介の先導の元、さっそく城の検分を始めた。巨大な姫路城ゆえ、あらためるのも大変である。

だが春之介は念入りに準備していたので、視察はとどこおりなく進んだ。

ところが城の米倉に上使たちを案内したとき、春之介の目の前をねずみが走った。

「あっ!」

春之介はとっさに提灯《ちょうちん》の火を吹き消した。

「いかがした?」

「失礼しました。蛾《が》が提灯に入り込んだようで……」

薄暗い米倉ゆえ、上使には気づかれずに済んだが春之介は肝を冷やした。

その後、備え付けの武器を確認し、城絵図との照らし合わせもつつがなく済んだ。

上使は受け渡しの担当ではなく、あくまで受け渡しの監督であり、細かい作業は小兵衛と松井の留守居役同士でひと月に渡りみっちりやっている。受け渡しの日を決めたのも藩同士の打ち合わせであり、幕府はそれを承認しただけであった。ある意味、上使たちは物見遊山の感覚で来ているとも言える。こちらは国替えのために骨身を削っているのにと春之介は割り切れない思いを抱いた。

上使たちを中西たちが酒宴を用意している旅宿に送り届けると、春之介はひと息ついた。

「あとは本多家の家臣たちを待つのみでございますな」

「片桐殿。妻《めと》を娶るという話はどうなったのだ」

小兵衛が突然、話を振ってきた。

「な、何を言うのです、こんなときに」

「ほう。片桐、お主に意中の女がいたのか」

本村が顔を和らげた。

「藩を辞める者もいるのです。祝言などとても……」

「このまま日田に行けば会えなくなるぞ」

「それを言われますな、仲田殿」

春之介はため息をついた。実のところ城や故郷との別れよりも於蘭と離れることが何よりも辛かったのだ。

翌日、本多家の先陣が城につき、小兵衛と松井は親しげに目を合わせた。

「いよいよですな」

万感の思いがこもったような声で小兵衛が言った。

「うむ。書面の手続きはほぼ終わっている。あとは儀式よ」

そう言って松井が春之介を見た。

「お主か、かたつむりというのは」

「え、ええまあ……」

春之介は小兵衛をじろりと睨んだ。

「許せ片桐。お主の引きこもりの話はどこでしても笑いを呼ぶゆえ……。殿も腹を抱えて笑っておられた」

「と、殿にまで！」

「覚えめでたきことよ。きっと出世するぞ」

「私は出世などしたくありません」

「もらえるものはもらっておけ。引っ越し奉行は留守居役と並んで酷な役目ゆえな」

小兵衛が春之介の背中をたたいた。

その後、二日酔いでやや目を赤くした上使たちも城に現れ、大天守最上階で引き渡しの儀式が行われた。大天守でもここだけは書院造となっており、四方の窓からは明るい光が差し込んでいる。

まず松平家の者が上座に並んで座り、その後、本多家の者が下座に並んで座った。城付の武具は、これを弓の間に置き、国家老本村から本多家の家老へ目録で引き渡される。また、城内各所、御門、御番所に配備された松平家家臣と本多家家臣の入れ替えが行われ、この旨を両家老が上使に報告した。

この報告をもって松平家と本多家は上座下座の着座の場所を入れ替える。

「お引き渡しの儀、仕舞いに候」

この発声により引き渡しは終了し、姫路城は正式に本多家の居城となった。

春之介たち松平家の者はいっせいに城を出た。

「参りましょうか」

春之介が言った。このあとは町方の宿で本多家から軽く接待を受けたあと、そこに泊まり、明朝一番に姫路を出て、先行の者の後を追うことになっている。

「世話になった」

本村が夕陽《ゆうひ》の中に佇《たたず》む白鷺城に向かって深く頭を下げた。生け垣には榊のつぼみがふくらんでいる。

「せめて花が咲くのを見たかったのう」

本村がつぶやいた。

十四　迷い

城を出た春之介はその足で於蘭の元を訪れた。道の横を流れる小川にはタナゴが群れ、きらきらと陽光を跳ね返している。

（この道を通るのもこれが最後か）

春之介は心痛のあまり一瞬目を閉じた。今日は於蘭に別れを告げねばならぬ。言いたくないがどうしても言わねばならない。何人もの藩士を辞めさせたのだから、自分一人がのうのうと妻を娶《めと》り、日田まで連れて行くわけにはいかない。

そこまで考えて春之介はふっと笑って自嘲した。

（埒《らち》もないことを……。そもそも於蘭殿が私の妻になってくれるかどうかもわからぬのに。ここで別れるとなれば、あいまいなままでよいではないか）

春之介はそう思い極めた。

於蘭のところにもう来られないとなると、道脇の大きな切り株や分かれ道の地蔵、通りがかりの民家の板塀さえ愛《いと》おしい。引っ越し奉行の重責から逃げるように何度も通った道である。於蘭に会えば、冬のさなか温かい湯に入ったときのように癒やされた。何も言わなくても、そばにいてくれるだけで心がほぐれた。

於蘭の家の戸を手のひらで少し撫《な》でた後、春之介は訪《おとな》いを入れた。

「於蘭殿」

「はい」

家の奥で小さな声が聞こえ、すぐに足音が近づいてきた。

「片桐さま。お疲れさまでございました」

於蘭はいつものとおり柔らかい笑顔で迎えてくれた。

「さあ、お入りになって」

「はい」

春之介はややかたくなって草履を脱いだ。

「春之介さま、どこかお具合でも？」

「いえ、なんでもありません」

「お城のほうに何か……？」

於蘭が心配そうな顔をした。

春之介は目をそらした。

「いえ、そちらはうまくいきました。残していく者には大変気の毒ですが……」

「春之介さまは十分よくやられました」

於蘭が励ますように言った。

「そうでしょうか」

あれがやれたのではないか、これがやれたのではないかと、まだ多くの悔いが残っている。

「さ、まずはお座りください」

於蘭にいざなわれ、居間に入り、ふっくらした座布団に腰を下ろすと、今日一日の疲れがどっと出た。

「なにか自分の体が自分のものではないようです」

春之介は長い息を一つついた。

「……父も勤めが終わりましたあとは、魂の抜けたような顔をしておりました」

茶を運んで来た於蘭が向かいに座った。

「わかります。幕府からの上使も来ていましたので、少しも気を抜けませんでした」

春之介は熱いほうじ茶を飲んだ。熱さと香ばしさが身に染みる。なんにせよ姫路での勤めは終わったのだ。

「父はそんなとき、よく長風呂をしていました」

「風呂に？」

「ええ。死んだようにいつまでも浸《つ》かって。そうすると少しは溜《た》まった疲れがほぐれると言っていました」

「板倉殿も苦労されていたのですね」

引っ越しの差配は、ただ一人責任を取ればいいというものではない。己の采配が藩士三千人以上を動かし、時によっては命運をも左右する。

春之介は小さな仏壇の中に安置してある板倉の位牌《いはい》を見つめた。春之介の勤めの本当のつらさをわかってくれるのは、この人だけかもしれない。

「春之介さま」

「はい」

「よかったらお風呂をいかがですか」

「えっ？　よいのですか。わざわざ沸かして頂くのは……」

「きっと疲れて立ち寄られると思い、沸かしておきました」

「しかし、今日訪ねるとは言っていなかったでしょう？」

「来られるまで毎日用意するつもりでした」

於蘭は恥ずかしそうに微笑《ほほえ》んだ。

「ではお言葉に甘え、いただきましょう」

春之介は頭を下げた。このようにいつも気遣ってくれる於蘭がいなかったら今までの勤めがどれだけつらかったろうか。

風呂桶《ふろおけ》に身を沈めると、確かに疲れが少しずつほどけていくようだった。熱い湯を手のひらにのせて顔をこすると目がすっきりとした。

（あの美しい白鷺《しらさぎ》の城を再び見ることはあるだろうか）

さすがに春之介もあの城から離れるのはさびしかった。そして慣れ親しんだ書庫から離れるのも。

「お湯加減はいかがですか？」

窓の外から於蘭の声がした。風呂は外から焚《た》けるようになっている。

「もう少し熱めにしてくれますか」

「はい」

薪《まき》をくべる音がして、風呂桶が底のほうから熱くなってきた。そのうちに体の表面がかゆくなってくる。

春之介はそれに耐えながら、姫路に残していく者たちに思いを馳《は》せた。昨日まで侍だった者が、明日からは百姓である。

（すまぬ。いつかきっと迎えに来るからな）

春之介はびっしりと汗をかいた。やはり己だけがよい目を見るわけにはいかない。於蘭に別れを告げねばならぬ。

「於蘭殿、実は……」

「えっ？　何かおっしゃいましたか？」

「於蘭殿。後で大事な話があります」

「……はい」

二人の間に横たわったわずかな沈黙の中、薪がごそりと崩れる音がした。

「於蘭殿。あなたにはずいぶんお世話になりました」

「とんでもございません。春之介さまを手伝っていると、まるで父が帰ってきてくれたような気がしましたから。私こそ、一人きりの無聊《ぶりよう》を慰めて頂いたのです」

「いいえ、私のやったことなど到底、板倉殿には及ばないでしょう」

春之介は風呂桶のふちに頭をあずけ、天井を見た。

（父のよう、か）

春之介は小さくため息をついた。そっと目を閉じる。やはり自分の決断は間違っていないようだ。

「あら……これでは釜茹《かまゆ》でになってしまいます」

突然、近くで声が聞こえた。

「えっ？」

春之介が目を開けると、於蘭がすぐそばにいた。

「お、於蘭殿！　なぜ……」

春之介は狼狽《ろうばい》した。慌てて体の前を手で押さえる。無防備なままでそばに於蘭がいるのはなんとも気恥ずかしい。

「熱い湯が好きだという江戸の方にでもなったつもりですか？」

於蘭は水瓶《みずがめ》から水を掬《すく》い、手桶で風呂に足した。体をしめつけるような熱さが薄れていく。

「いや……。それより於蘭殿、早く出てください」

春之介は怒ったように言った。

しかし於蘭はその言葉が聞こえなかったように、薄い着物を脱ぎ始めた。

「於蘭殿、何をするんです！」

「春之介さま、お背中をお流ししますわ」

「そんな、結構です」

春之介は湯の中で後ろを向いた。のぼせそうだった。

「遠慮なさらないでください。さ、早く。湯に入ったままでは流せませんよ」

「いや、しかし……」

「母を病で亡くしてからは、こうして父の背中もよく流しました」

於蘭は遠い昔を懐かしむようにつぶやいた。

「……ならば」

春之介は覚悟を決め、風呂桶から出て木の椅子に腰を下ろした。

やがて背中をぬか袋の柔らかな感触が上下する。

（これはおしなべて女子《おなご》どもがやってくれることなのだろうか）

春之介は考え込んだ。やはり鷹村《たかむら》の言うように遊里に行き、学んでおけばよかったのかもしれない。世に出ればいつも思いも寄らぬ事態が起き、しかもそれに対処するために与えられた時は極めて短い。

（やはり書庫に引きこもっておけばよかった。さすれば於蘭殿とも出会わず、別れもなかった）

そんなことを考えたとき、

「お別れを告げにいらしたのですね」

と於蘭が言った。

「いや、それは……」

春之介はとっさに答えられず、口ごもった。

そうです、と答えるべきだった。しかし背中には於蘭の柔らかい手の動きがある。

(この手を失いたくない)

春之介は痛切に思った。我知らず歯を食いしばったが、そのこわばりに反応したように於蘭が背中を抱いた。張りのある乳房が背中に押しつけられ、春之介の頭がかっと熱くなった。

「春之介さま、一緒にお連れください。日田に参られれば二度とお目にかかれません」

絞り出すような声で於蘭が言った。

(脱藩しよう)

春之介は刹那、そう思った。普段は控え目な於蘭がここまで心をあらわにするとは、相当の覚悟である。その思いを無下にするのか――。

しかし同時に皆の顔が浮かんだ。鷹村、中西、山里、そして小兵衛もみな春之介に協力してくれた者たちである。いつか再び仕官させると約束した者たちの顔も思い出された。

「於蘭殿、私は……」

春之介の胸の奥がしんと冷えた。ここで終わりにせねばならない、於蘭と出会ってからの日々が次々と脳裏をめぐる。

「私はあなたと別れ……」

「言わないでください」

背中にしずくが落ちた。泣いているのか。

「於蘭殿。日田は遠い……。路銀もかかります。向こうに住む家もありませんぞ」

於蘭の家は父が亡くなり、後継ぎがおらずもはや武家ではなくなっている。養子を取らなかったのは、板倉が引っ越しを取り仕切る激務を子に引き継がせたくなかったのだろう。それゆえ於蘭は一人きりだった。

「春之介さま。私のことをお嫌いではないのですね？」

声に明るい響きが混じった。

「えっ？」

「日田まで行けて、住む家があれば、私も一緒にいていいのですか」

「あっ、それは……。そうなりますね」

はからずも春之介は気持ちを打ち明けてしまっていた。

(ここで別れるはずが、とんでもないことになったぞ)

於蘭は今やぴたりと密着し、肌が触れあっている。於蘭の早くなった心の臓の音が背中に伝わってきていた。若い自分の体は全力で於蘭を求めている。

(胸の内を正直に言うのはこんなにもすがすがしいものか)

春之介は胸の前にある於蘭の手をほどいて、後ろを向いた。

真っ白な裸身が目に飛び込んできて、頭がくらくらした。

「私とて於蘭殿と離れるのは死ぬほどつらいのです。しかし……」

「うれしい」

於蘭の目に再び涙が盛り上がった。

「春之介さま。私は今のお言葉で十分です。どうしても一緒にと思いましたが、やはり私のわがままでした」

「於蘭殿……」

「お気をつけて」

於蘭があきらめたように微笑んだ。

「この家に来られなくなると思うと私はさびしい」

春之介の目にも自然と涙が浮かんできた。

しかし、於蘭は首を振った。

「もうこの家は売りました」

「えっ？　なぜ……」

「春之介さまと一緒に日田に行けたらと思い、その費用にと」

「あなたはそこまで考えておられたのですか」

「私は尼寺に行きます。このままここにいてもつろうございますから」

於蘭が目を伏せた。

「あがっ！」

春之介は唐突に叫び、子供のように泣きじゃくった。

「どうされました、春之介さま⁉」

「於蘭殿……、ともに行きましょう」

「えっ？」

「どんなにそしられても、私はあなたを置いていくわけには行きません」

「でも……。いいのですか？」

於蘭の目が大きく見開かれた。於蘭とて、春之介の事情をよく理解していたのだ。

「生涯一度のわがままです。あなたを失うと己自身まで失ってしまう」

春之介は涙ながらに言った。

「春之介さま……！」

二人はしっかりと抱き合った。

「しかし、向こうに行ったとしてもここから先、さらに藩が窮乏するかもしれません。ほうぼうで借りた金も返せるかどうか……」

「私も春之介さまと共に戦わせてください。私も武士の娘、自分の面倒は自分で見ます」

「於蘭殿……」

そうか、戦うか、と春之介は感じ入った。こがれる思いが強かったが、この於蘭という女性は実務面でも優れていることを思い出す。随行すれば日田への引っ越しの強力な右腕となり倹約できる費用も出てくるのではないか。そう考えると、百万の援軍を得た気持ちになった。

「やはり一緒に行くのはよいことのようですね」

春之介は微笑んで鼻水をぬぐった。

「うれしい……」

於蘭はつぶやくと、さっと体の前を押さえた。

「どうしました？　寒くなりましたか」

「いえ……。あの、急に恥ずかしくなりました」

「これは失礼を。さ、早く着物を」

春之介は慌てて目をそらした。

「しかし、いきなり家を売るなど於蘭殿もずいぶんと無茶をしますね」

「春之介さまのことをただ想《おも》っておりました」

「いったい私などのどこを好きになったのです。頼りないし、不器用で野暮なのに……」

「見た目です」

「えっ？」

「ふふ、冗談ですが」

「冗談なのですか？」

春之介は瞬時に落ち込んだ。

「見た目も好きです。でも、もっと好きなのは、そう……、正しい行いをするというところです。どんなにつらくても、けして人の道に外れたことをなさらないでしょう？」

「私はやるべきことをやっているだけです」

「それができない、ずるい人も多いのですよ」

「そんなものですか」

春之介は首をひねった。自分ではただ、思いつくままにやっているだけだったが。

「しかし、一つだけ言ってもいいですか、春之介さま」

「なんでしょうか」

「あなたさまが心の内を打ち明けてくださるのが遅いので待ちくたびれてしまいました。それで、はしたなく私から……」

於蘭は顔を赤らめた。

「すみません」

春之介は頭をかいた。

「しかし、於蘭殿。かたつむりの歩みがのろいのは当たり前なのです」

十五　不遇

翌朝、姫路に残った最後の組が小さな行列となって日田への旅路についた。その中には春之介の他に国家老の本村や勘定奉行の中西がいる。小兵衛は夜も明けきらぬうちに江戸に向かったらしい。相変わらず忙しい男だった。

「片桐。船は御津《みつ》から乗るのであったな」

駕籠《かご》の窓を開け、本村が聞いた。

「はい。その後、瀬戸内の港にいくつか寄りながら進み、船旅は四日ほどとなります」

「そうか。殿も江戸で何もできず、ご心痛であろうな」

「引っ越しの始末については仲田殿から細かく報告が上がりましょうが……」

そばにいた中西が口を開いた。

「この片桐のおかげで当初の見込みよりは藩士を減らさずにすみました。殿のお心もこれで少しは慰められるかもしれませぬ」

「うむ。しかも帰農させ、後でもう一度仕官させるというこころみであったな。うまくいくかどうかわからぬが、何も望みがないよりははるかにいい。殿が交代で江戸から帰られたときは片桐、お主からしかと目論見を申し上げるのだぞ」

「私が殿に？」

春之介の足がかすかに震えた。いくら上士とはいえ、引きこもっていた春之介が藩主松平直矩を見たのは、年賀のときの、ほんの一瞬である。雲上人といっていい。

「当たり前じゃ。お主が引っ越し奉行であろう」

「そうでございますが……」

「かたくなるな片桐。お褒めがあるかもしれぬぞ」

中西が背中を叩《たた》いた。引っ越し奉行になってからというもの、事態があまりにも急に動いており、自分が藩の中の重要人物であるという事実がどうもぴんとこない。自分でいいのだろうか、という疑いが常にある。

「もしそういうことがあれば母が喜びましょう。今までさんざん冷や飯を食わしてきましたゆえ」

「これからも熱心に勤めて、親孝行するのだな」

本村が言った。

「はっ」

春之介は深く頭を下げ、ちらりと行列の最後方にいる於蘭を見た。於蘭は笠《かさ》の下で微笑みを返す。春之介の胸の中にほんのりとあたたかさが広がった。

「隅に置けぬな、お主も」

中西が於蘭を見てにやりと笑った。

「於蘭殿は自費でついてこられているのです。藩の費用は使っておりません」

「いやいや、責めておるのではない。祝っておるのだ。ふふ」

「そうじゃな片桐」本村も言った。「減封でなければわしが仲人をし、祝言をあげさせたものを」

「もったいのうございます、ご家老さま。しかし祝言をあげずとも、あの方がそばにいるだけで私は心強いのです」

「はっ。まるで女子のような口ぶりだのう」

中西があきれたように言った。

「まことにな。それではどちらが夫かわからぬではないか」

本村も言って、まわりの一同も笑った。

「私が夫ですよ……」

「ま、何を捨ててもいいが、男であることは捨てるなよ」

中西がさらにからかった。

「いいかげん怒りますよ」

春之介は頬を膨らませた。

「冗談はさておき、先行隊もつつがなく進んでいるのだな、片桐」

本村が聞いた。

「はっ。一昨日発《た》ちましたゆえ、今ごろ海の上にございましょう。御座船で足りぬ分は和泉屋《いずみや》に手配させ、万全を期しております」

「よし。早く港へ行こう。今度は我らも城を受け取らねばならぬ」

本村が駕籠の窓を閉じた。

「日田の作物や商いが豊かであると心強いのだがな」

中西が勘定奉行の役目に立ち返って言った。

「貿易のできる港も必要ですね。あと薩摩《さつま》の黒砂糖のような特産物があるとよいのですが」

春之介が言った。今後必ず加増があるともいえない。その場合は藩が独自に儲《もう》けなくては帰農させた藩士を再び仕官させることができなくなってしまう。

「これだけは行ってみなければわからぬな。郷村高帳《たかちょう》は不正確なこともある」

「隠し田や蚕の収入もあるかもしれないですね」

「しかし、こうなれば武士というより商人よ。片桐、お主はそちらの方面に向いておるかもしれぬな」

「はは。剣術はからっきしですが」

　春之介は苦く笑った。

「これからの武士の戦は金儲けよ。幕府の怒りを買わず、移封されず、普請を逃れ、参勤をやりくりしてなんとかお家の安泰を図らぬとな」

「しかし、守る気持ちだけではいずれ傷を負いましょう。こうなったからにはこちらも攻め手が欲しいですね」

「どうするのだ片桐。老中に賄《まいない》でも贈ってみるか？」

「それは無理でしょう。なにせ我が藩には金がありません。さすれば残る策は一つ。ご公儀の情報を握るのです」

「なに、そんなことができるのか？」

「はい。留守居役の仲田殿と話し合い、ご公儀の思惑をいち早くに知れば、対策もできよう、と」

「しかしどうやってさぐるのだ？」

　中西は腕組みした。

「忍びを使うのです」

「忍び⁉」

「我らにとっては生き残ることこそが戦。隠密を用いることは当然でございましょう」

「しかし忍びと言っても、そんな者がまだいるのか？」

「戦国の世から八十年……。伊賀《いが》にはまだその術を伝える者がいるようです。江戸城にそのような者がおればずいぶんと捗《はかど》りましょう。加賀《かが》や薩摩などの大藩はすでに本丸へそのような者を忍ばせているとか」

「ううむ。しかし我らは親藩ぞ。上様の城を探るなど……」

「中西殿は我が藩がなぜたびたび引っ越しをさせられるかご存じですか」

「いや。どういうことなのだ？」

「仲田殿から聞いたところ、どうも殿が結城秀康さまの血筋であることに問題があるらしいのです」

「なぜだ。殿様の祖父、結城秀康さまは神君家康公のご次男であろう。問題などないはずだ」

「それがそうでもないのです」

春之介は書庫で読んだ徳川の年代記に思いを馳せながら続けた。

「結城秀康さまはかつて人質同然で太閤《たいこう》秀吉さまの養子となりました。しかしその後、秀吉さまに実子の鶴松《つるまつ》さまが生まれるとすぐ、結城家の養子に出されてしまいました。本来ならば家康さまの後を継ぐはずが、不運にも他家の主君となったのです。それ以降、秀康さまは徳川家から冷遇され続けました」

「そうだったのか。わしは、そろばん以外はからきしじゃからのう……」

「いえ、中西殿のそろばんは皆の頼りにするところです。お気になさらず。私も書物でかじっただけですから……」

「それで、秀康さまへの冷遇がその子孫にも続いているということか？」

「はい。実は秀康さまのご長男、忠直《ただなお》さまも不遇でした。ご存じの通り、大坂の陣においては真田《さなだ》信繁《のぶしげ》を討ち取り、大坂城に一番乗りを果たしたものの、褒美は初花という茶器のみ。領土をひとかけらも与えられず、ついにご乱心めされました。我が殿の父、直基さまは忠直さまとご兄弟ですが、実に四度の国替えを命じられています。かつて越前《えちぜん》松平家は制外の家とされ、御三家とは別格だったのですが、今はとにかく不遇。我が殿も、幼少の頃からこれですでに五度国替えを命じられているのです」

「そうか。ゆゆしきことだな」

「なんとか手を打たないと……」

「しかし忍びを雇うとして、信頼できる者なのか？」

「仲田殿に心当たりがあるようです。我らが生き残るためには、不遇を越える奇手を使わねばならないでしょう。引っ越しも戦、江戸城の様子を知るのもまた戦にございます」

「金儲けだけでもだめだということか」

中西はため息をついた。

「勝つためには、あらゆる知恵を絞らねばなりませぬ」

春之介は辞めさせた者たちに、再び仕官させると約束した。それまで力をたっぷりと蓄え、生きのびるつもりだ。長い冬をこらえた者にこそ、春は訪れるに違いない。

そのためにはまずこの引っ越しを成功させることだ。

十六　船出

「船が見えましたぞ」

春之介は声を上げた。御津の港に、一同が乗る予定の三百石積みの弁才船《べざいせん》が停泊している。

「しかし、波が高いな」

白波が跳ねる海を見て中西が言った。

「そういえば風が強いですね」

「わしは船に酔うのじゃ」

中西が弱音を吐いた。

「あらかじめ水を持ち、たっぷり飲んで吐けば楽になるといいます。吐く物がないま
ま、えずくと苦しいですから」

「ふうむ」

中西はそれを想像したのか、船に乗る前から青い顔になった。

「おや、旗が見えますね」

春之介は目を凝らした。

「まずいな。どこかの藩の参勤とかちおうたのかもしれん。家紋はどこのものだ？」

「葵《あおい》の紋でございます」

近くにいた目のよい者が言った。

「なに⁉　どこのご家中だ？」

「私が見てきましょう」

春之介は走り出した。姫路の近くに徳川の親藩が来ているということか。揉《も》め事が

あってはまずい。

港が近づくに連れ、旗はますますはっきりしてきた。確かに葵の紋である。

(出航時間が迫っている。挨拶などに時がかかるのではないか)

しかし春之介の悪い予感はそれどころではすまなかった。

「春之介ではないか!」

遠くから声をかけてきたのはすっかり酔っぱらった鷹村だった。

「鷹村殿!」

あまりのことに春之介はしばし言葉を失った。なぜ鷹村がここにいる?

「よく来たのう。まあ一緒に飲もうではないか」

「飲んでいる場合ですか。どうしてここにいるのです? 二日前に姫路を発ったではないですか」

「どうしてもこうしても、足止めされたのだから仕方がない。時化《しけ》で船が出なくてな」

「そんな……。ではまる二日こうしていたと?」

春之介は頭の血が逆流する思いだった。鷹村の組は千二百人ほどがいる。つまり千二百人の宿代が二日分かかったということだ。

「水夫《かこ》の話じゃ、もうすぐ嵐は過ぎるとよ。かもめの動きでわかるらしい」

鷹村はのん気に言った。

「わからないのですか！　一日延びるたびに費えもそれだけかかるのです」

「そんなの船主に言えよ。だいいち日和には逆らえん」

言うと、鷹村は大きなしゃっくりを一つした。

「く……。なんとかせねば」

春之介は船主のいる小屋へ走った。入り口のところには藤原が立っており、冷たい目で春之介を見つめている。春之介は急いで中に入った。

「和泉屋さん。船はまだ出られないのですか」

春之介は焦りに唾を飛ばして聞いた。

「もう何度も言うたのですが、今出たら船が沈みますわい。荷が重くて吃水《きっすい》もぎりぎりですからな」

「しかしこれ以上遅くなれば、手持ちの銭がなくなってしまう……」

そうなると旅を続けるのは無理である。春之介は焦慮に頭を熱くして、皆の元に戻った。

旗印のところに行くと、中西たちもすでに到着していた。本村は駕籠を降り、先行した組が港にたむろしているのを見て目を丸くしている。

「片桐。これはいったいどういうことなのじゃ」

「この二日、時化で船が出られなかったそうです。……船に荷を積み過ぎましたゆえ」

春之介は内心臍《ほぞ》を噛《か》んだ。倹約しすぎて、船の吃水に余裕がなくなっていたのである。

うつむいた春之介を見て、ここぞとばかりに藤原が口を開いた。

「このうつけが！ お主の企てが甘かったゆえこのようなことになった。調子に乗り、倹約しすぎてこの始末よ。さあ腹を切れ、片桐！」

ぐうの音も出なかった。日田までの行程がうまくいかなければ引っ越しは失敗に終わる。永山《ながやま》城にはもうすぐ幕府からの上使が来る予定で、受け渡しに遅参するなどあってはならないことだ。

「今はまだ切りませぬ。切るとしても全ての勤めが終わってから存分に」

こんなところで頓挫したら今までの苦労はいったいなんだったのか——。

春之介は再び和泉屋の船主の元に駆け寄った。

しばし後、厳しい顔で出て来た春之介は皆を集め、口を開いた。

「皆さん。ここはあきらめましょう」

「何を言い出すのだ！　片桐、血迷うたか」

藤原がにらみつけたが、春之介は続けた。

「今からみなで赤穂《あこう》まで行くのです」

「赤穂だと……？　なにを言っておるのだ」

藩士一同もざわついた。

「いいですか。日和は西から東へと動きます。嵐がやむまであと半日ほどとのこと。しかし、ここで待っていては城の受け渡しに遅れてしまいます。赤穂まで二里（約八キロ）ほど歩けば、着く頃にはこの風もおさまり、船出も早くなりましょう」

「本当か、春之介」

鷹村が聞いた。

「はい。海の嵐を読む村上《むらかみ》水軍のやり方にございます。しかも赤穂からなら男鹿《たんが》島《じま》や家島《いえしま》の風裏を進むことができますゆえ」

春之介は書庫で読んだ伝記と絵図を思い出しながら言った。

「しかし船に積んだ荷物はどうする？」

「荷物は後でもいいのです。しかし人は飯を食うし宿代も取られる……。みな、身一つで動いてください。早く発てばそれだけ早く着きますゆえ」

「待て。赤穂に船はあるのか？」

中西が聞いた。

「風をよけて止まっている和泉屋の千石船があります。今確かめてきました。それに便乗させてもらいます」

「挨拶もなく他藩を通って船に乗るなど、急にできるものか！」

藤原が声高に言った。

「待て、藤原」

本村が落ち着いた口調で言った。

「わしは赤穂藩の家老と面識がある。まだ若年ながら懐広き男だったぞ。あとで書状を送ればきっとわかってくれよう」

「しかし……」

「ご家老、お頼み申します」

春之介は頭を下げた。

「では行くぞ。ぐずぐずしてはおれぬ。片桐、先導せよ」

鷹村が号令をかけた。

「はっ!」

「お待ちください」

女の声がして、春之介はびくっとなった。振り向くと、口を開いていたのはやはり於蘭だった。

「私は赤穂まで迂回《うかい》する道を知っております」

「ほう。於蘭、板倉から何か教えられていたか」

本村が於蘭に目を向けた。

「はい。ここから最も近い道を行くと険しい山谷があり、荷物を持ったままでは上り下りで疲れ切ってしまいます。行列の中には女子や年老いた者もいますゆえ」

「なるほど」

春之介は於蘭を見た。さっそく役に立ってくれている。やはり連れてきてよかったと思った。

「そうと決まれば急ぎましょう」

歩き出す春之介を、藤原が悔しそうに、にらみつけていた。

と――。

藤原が急に、がくんと前につんのめった。

「これは失礼。急がねばならぬときに立ち止まられますと危のうございますぞ」

後ろから当たった鷹村がわざとらしく言った。

「き、貴様……」

「さあ、急ぎましょう」

鷹村はさっさと歩み出した。藤原はかっとした様子で追いかけたが、鷹村の足は速い。みるみる引き離されていく。

鷹村が春之介に近寄ってきて、先頭にいる於蘭を見て小声で言った。

「おい春之介。お前、あの女とやったのか」

「な、何を言うのです！」

鷹村が春之介の真赤な顔をのぞき込んだ。

「進展があったようだな」

「どういうことだ？」

隣にいた中西が聞いた。

「こやつはな、清い体でなくなったのだ。以後気をつけろ。急に威張るはずだ」

「ほう、それは恐ろしいな」

中西もくくくと笑った。

「違います！　まだしてません」

大きな声にまわりの者がきょとんと春之介を見つめた。

「春之介。そんなに大きな声で言わなくていい」

春之介は唇を噛んでうつむいた。先頭の於蘭に聞こえなかったらしいのが幸いである。

（なぜ、こうもたやすく、私はからかわれるのか）

そういうときどうしてよいかは書物にも記されていなかった。

二刻（約四時間）あまり歩き、春之介たちは国境を抜け、赤穂藩に入った。

凪はだいぶおさまってきている。

千種《ちくさ》川に沿って南下していくと、海の上に晴れ間も見えた。

「よし。これなら船は出られるに違いありません」

ようやく春之介の顔にわずかな明るさが戻った。

「やったな、かたつむり。長い船旅ならむしろ千石船のほうが広くてよいわ」

鷹村がうれしそうに言った。

「もう酒は抜けましたか。暴れず揉め事を起こさず。わかっていますね」

「くどいぞ。それより春之介、あれは何だ。あやつら海辺で何をやっている」

鷹村が指を指した先では、村の人々が砂浜に水をまいていた。

「多分、あれが塩田というものでしょう。大きな釜も見えます。海水を煮詰めて塩を取るという話ですが」

「ほほう。あのようにやるのだな。面白そうだ」

「瀬戸内は日の照りがよく塩が作りやすいそうです。日田もそのような気候であれば我が藩も塩を作るとよいかもしれませんね」

「片桐、さっそく商売を思いついたか?」

中西が声をかけた。

「はい。年貢だけに頼っていては減封に耐えられませぬ。何事も商売にするのでございます」

「お前を引っ越し奉行だけにしておくのは惜しいの。どうだ、日田で落ち着いたら勘定方に来ぬか」

「行くにしてもまず半年は休ませて欲しいものですが」

春之介は顔をしかめた。

「こやつ、まだ引きこもる癖が抜けぬと見える」

鷹村の言葉にまわりで聞いていた者たちが笑った。

「おい、春之介。誰かいるぞ」

鷹村が船のほうを見た。港に侍たちが七、八人いる。

「水夫には見えませんね」

春之介たちは船に近づいていった。


「あなたたちはどこの藩の方ですか。我らは赤穂浅野家の者です」

お互いに顔が見えるところまで近づくと、侍たちの一人が尋ねて来た。

「失礼つかまつります。私どもは姫路藩、越前松平家の一行です。国替えとなりましたため、日田へ向かう途中なのです」

春之介は丁寧に答えた。

「我が藩に通行の届けは出されましたか？」

「いえ、それは……。どうしても嵐を避ける必要があったのでこちらの港から船に乗ることにしました。危急のことゆえ、お許し頂きたいのですが」

「いや、それは無礼であろう。いくら松平家の方々でも、知らせもなく我が藩に入り、そのまま通り過ぎようとは」

侍の顔が不機嫌に曇った。

「片桐、待て。わしが話そう」

本村が駕籠から降りてきた。

「わしは当家の国家老、本村三右衛門にござる。ご家老の大石殿《おおいし》とは面識があってな。後で詳細を文にして出そうと思うていたのじゃ」

「大石殿と？」

侍はびっくりしたような顔をした。

「さよう。赤穂藩のご家老であろう？」

「本村殿。文などいりませぬよ」

声がした方を向くと、船の積み荷の陰から涼やかな偉丈夫が歩み出てきた。

「おお、大石殿、ここにおられましたか」

本村が破顔した。

「本村殿、お久しゅうございます」

若者は丁寧に頭を下げた。赤穂藩国家老の大石良雄《よしお》であった。

「こたびは勝手なことをしてすまぬ。御津が嵐で船出できなくての」

「ここも半日前に嵐が過ぎました。武士が困ったときには相身互い。遠慮なくお通りください」

　大石が大人びた笑みを見せた。

「かたじけない」

　本村も微笑んだ。争いにならず、春之介はほっとする思いだった。大石という男はできた人物であるらしい。

「あの嵐には我らも困っておりましてな。今、塩の積み替えを差配しておったのです」

「ほう、ご家老じきじきにですか」

「日和というものは西から東に変わるものでしてな。島の風裏を利用すれば早く出られるかもしれぬと城から駆けつけて参ったのです。こちらもできるだけ早く積み荷を蔵屋敷に届けたかったゆえ」

「ほう」

　本村がちらりと春之介を見た。日和と風の読みは春之介の言ったことと全く同じである。

「本村殿。こたびは残念でございましたな」

大石は言葉の裏に減封のことを含ませた。

「まさに。我らの殿はむしろ騒動の後始末に奔走されたのにのう。いやはやご公儀の沙汰はいつも猫の目のようでござる」

「上様が代替わりされますと、いろいろ起こりまするな」

大石は当たり障りなく言ったが、その大きな目の中には本村に対する同情が見て取れた。

「風見鶏《かざみどり》にならぬと一寸先は闇でござる。お互いさらに気を遣わねばなりませぬな」

「いかにも」

大石が頷《うなず》いた。

「ところでご主君は、もう赤穂に入られたか？」

本村が聞いた。

「いえ。来年、初めてお国入りされまする。まだ十六とお若いですが、きっちりと筋を通すご気質とのことで、我らが盛り立てて行かねばならぬと思うております」

「先が楽しみですな」

「ええ」

大石が楽しそうに笑った。

しばらく家老同士のとりとめのない話をすると、大石は積み荷の差配に戻って行った。

「ご家老。お心の広いお方でしたね」

春之介が感心しながら言った。

「人間ができておる。大石殿がいてくれて助かったわい」

「悪いことばかりではないですね」

それは引っ越し奉行の勤めをやるにあたり春之介がしばしば感じていたことであった。

誠意を尽くせばきっと応えてくれる者がいる。

春之介は大石のいるほうに一つ頭を下げると、皆に向かって船に乗るよう言った。

千石船は陸を離れると、高波を避けるため陸沿いを進む。

「これはたまらぬ」

中西がさっそく船縁《ふなべり》から吐いた。他にも船酔いする者があり、吐いた後は船室で死んだように転がっている。

その間を、於蘭が励まして回り、水を配って背中をさすった。

「春之介さまは大丈夫ですか?」

於蘭が春之介の元にも来て言った。

「どうやら私は船に強いようです。初めて乗りましたが」

「向こうに着くまではやることがございません。ゆっくり休んでください。ずっと働きづめだったのですから」

於蘭が微笑んだ。

「でもまだ昼間ですよ」

「こちらに」

於蘭が船室の端にある衝立《ついたて》の向こうに春之介をいざなった。

「いったい何をするというのです」

「ここへ頭を」

正座した於蘭は自分の膝を指した。

「いや、しかし……」

「誰にも見えませんから」

「そうか、な」

春之介は於蘭の膝の上に頭を載せた。於蘭の膝は柔らかく、温かみがあった。船に当たる波の音が遠くから聞こえてくる。

船がいくつも揺れぬうちに春之介はすぐ夢の住人となった。

「着いたらまた戦が始まります。それまではゆっくり眠ってください」

於蘭が春之介の頭をそっと抱いた。

十七　永山城

船は四日後、豊前《ぶぜん》の分《わ》間浦《まのうら》へと着いた。ここから先を治める中津《なかつ》藩や森《もり》藩には事前に通行を連絡してあるので、道中とがめられることはない。分間浦から日田までは十里ほどの道のりである。

「中西殿、大丈夫ですか？」

春之介は中西に肩を貸した。

「わしはもう二度と船に乗らんぞ。どんなに遠くても陸から行く」

中西はげっそりして言った。

「やはり豊後は姫路より暖かいのう」

鷹村は相変わらず気楽そうだった。船酔いにも無縁だったらしい。

「ここはまだ豊前です。ここから一日ほどかけて南下するのですよ」

「船の飯には飽いた。そろそろうまいものが食いたいが……。おっ」

鷹村はさっそく茶店を見つけ、のぞき込んだ。店先には名物の三官飴《さんかんあめ》が売られている。

「鷹村殿。食事はまだです。まずは前に進みましょう」

「ちぇっ」

「ただでさえ行程が遅れ、費用もかかっているのですから」

駕籠の窓を開け、本村が顔を出した。

「片桐。城の受け取りには間に合いそうか」

「はいご家老。あと一日あればなんとかなりましょう。日田藩はもともと天領にて、治めているのも代官にございますれば、大名相手ほど形式張らなくてもよいのです」

「そうか。城をもらい受ければ引っ越しは終わったようなものじゃ。長かったのう……」

本村が目を細めた。

「しかしご家老。見たことのない新しい土地というものは何か心も弾みますなぁ」

鷹村がにこにこして言った。船旅が続いたので広いところを歩くのが楽しいらしい。

「お主はいつも気楽よのう」

本村が苦笑した。

赤穂からの四日間の船旅は、急遽《きゆうきよ》空けてもらった船室だったため、かなり狭苦しいものであったが、そのおかげで藩のものは身分の上下を問わずさまざまな話をし、よく気心が知れた。

減封による藩の危機ということで団結しているということもある。

春之介は姫路に帰農させた藩士たちをもう一度必ず迎えに行くと心に誓った。あの者たちにもこの雰囲気を味わわせてやりたい。

昼、街道の宿場にて名物の鰯《いわし》のぬか味噌《みそ》焼きを食い、やや険しい山道を南西に向かって歩いて行くと、夕暮れごろ、ようやく眼下に日田の町なみが見えた。

「おい春之介。あれが日田か？」

鷹村が聞いた。

「ええ。絵図のとおりに来ましたから」

「城はどこだ？」

「城は……。あの石垣が見えるのがそうではないですか」

「本当か？　あれでは城というより陣屋ではないか」

鷹村が片眉を上げた。

「……とにかく行ってみましょう」

目的地が見えたことで一行の足は自然と速くなった。

近づいてみると、遠くから見えた石垣はやはり永山城のものだった。

「片桐の言うとおり、思い切って持ち物を整理してよかったのかもしれぬな。この広さでは何も置けぬ」

中西が嘆息した。

「姫路城と比べて勝てる城などそうそうございません。掃除する手間も省けるというものですよ」

春之介は慰めたが、やはり自分も都落ちしたような心持ちになった。

(減封とはこういうことか)

春之介はあらためて思い知った。

しかし、町のほうに行くと、先行していた藩士たち一同が出迎えてくれた。城の受け渡しはまだだが、家屋敷のほうはもう無事に入居が進んでいるらしい。

「みなさん、お待たせしました。明日城を受け取れば、我らはいよいよ日田藩士となります」

春之介の言葉に一同は頷いた。とにかく皆、日田に揃ったのだ。藩の石高はほぼ半分となり、藩士も減ったものの、これからは開墾に励み、藩をもり立てていかねばならない。

到着した者たちに屋敷を割り振り、ようやく勤めが終わったのはもう星の出る頃だった。

「春之介さま。お疲れさまでございました」

於蘭が声をかけてきた。

「大いに手伝って頂き、ありがとうございました」

「いいえ、父のやっていたのを覚えているだけですから。それより、いつまでも於蘭殿では他人行儀でございます」

「ではなんとお呼びすればよいでしょうか」

「於蘭、と」

「於蘭……」

そう口にすると、春之介の疲れ切った体に清らかな息吹を吹き込まれたような気がした。

「於蘭。今日からうちに来てください」

「えっ、でも……。旅路のほこりもついていますし」

於蘭は遠慮がちに言った。

「大丈夫です。なんせうちの母は、ろくに外に出ずほこりまみれの息子を長年見てきたのですから。それに比べれば於蘭は珠《たま》のようです」

「でもそれは昔のことでしょう？　春之介さまは立派になられ、今やご家老さまにも重きを置かれています。私でよいのでしょうか」

於蘭がはにかんだ。

「私がなんとかやってこられたのはあなたのおかげだと母に言いたいのです。きっと母も喜びましょう。さあ」

「……はい」

春之介は於蘭を連れて帰り、そのまま家に泊めた。もちろん母は喜んだ。嫁取りなどあきらめていた息子である。しかも於蘭は如才なく、気立てもいい。

姫路を発つとき、於蘭は自分の家を見つけるつもりだと言っていたが、その必要はないと春之介は最初から思っていた。

翌日、いよいよ城をもらい受けるときが来た。

春之介たちはまず打ち合わせするため、国家老の本村、勘定奉行の中西らと共に代官所へと向かった。

日田を治めている代官は永田《ながた》七郎左衛門《しちろうざえもん》という男であった。

「いやぁ、お待ち申しておりました。こたびはよろしくお願いします」

恰幅《かっぷく》のよい永田は人懐っこい笑みを見せた。

「こちらこそよろしくお願いします。私は引っ越し奉行の片桐春之介です」

「引っ越し奉行？　そんなお役目があるのですか」

永田はびっくりしたような顔をした。

「このたびの国替えは大変なものでしたゆえ、専門の役目が必要だったのです」

「それはお疲れさまでございましたなぁ……。しかしこういってはなんですが、これで私もようやく忙しき役目から離れられるのですよ」

「と申しますと、日田は治めにくい土地なのですか？」

本村が聞いた。

「いいえ、ご家老さま。そんなことはありません。確かに二十年ほど前には一揆《いっき》もあったようですが、ここのところは静かなものです。ただ、土地が広いため、代官所の少人数ではなかなか手が回りませんでな」

「なるほど、そういうことでしたか」

春之介はほっと胸をなで下ろした。

二十年ほど前の一揆とは、寛文五年（一六六五）に起こった日田騒動のことで、このときに治めていた代官は改易となり、翌年に新任の代官が送られるまで、肥後国《ひごのくに》熊本藩の預り地となった経緯がある。

「今は人心の荒廃はないということですね」

「ええ、ただ一つ気になることが……」

「気になること？」

「もともと毛利《もうり》様の治めていた土地にございます。庶民にはそのときの思いがまだ残っており、このあたりではむしろ我ら徳川方が外様なのです。その点、多少は難しいでしょうな」

「そうでございましたな。しかし、そのような土地を代官所だけで治めるのはなかなか大変だったことでございましょう」

春之介は周りを見回して言った。日田の代官所は代官一人に、幕臣の手付五人、お抱えの手代も、士分は十二人しかいない。これでは確かに手が回らないだろう。

しかし春之介たちは、人数だけはたくさんいた。何せできるだけ人を残したので、七万石にしてはかなり手が余っている。だが逆に言えば、隅々まで手が届く治政が可能ではないか――。

春之介たちは打ち合わせを済ますと、そのまま城に向かった。永田や配下の者たちも一緒について来る。

城に着くと受け取った絵図に照らし合わせ、備え付けの武器や米倉を確認した。まわってみると武器は数えるほどしかなく、米倉といっても小さなものだった。姫路城の検分は大勢でやって何日もかかったが、永山城の確認は半日もかからなかった。

その後、上使の立ち会いのもと姫路城と同じような引き渡しの儀式を行い、上使にささやかな酒宴を張ったあとは、ついに城にいるのは春之介たちだけとなった。

城の前の高札には黒々と、今後越前松平家が日田を治める由が書かれている。

「ようやく終わったな、春之介。ご苦労だった」

鷹村が珍しく褒めた。

「ありがとうございます。でもまだこれからですよ。明日は皆で掃除をすることにしましょう」

「うへえ、掃除だって？」

鷹村が眉をひそめた。

「代官所はやはり忙しかったらしく、隅々までは掃除が行き届いておりませぬ。我らは心機一転の覚悟をするため、まずは城を磨き上げ、目録を造り、次の国替えに備えるべきなのです」

「なるほど、いつでも動けるようにしておけば引っ越しも恐れるに足りずだな」

中西が言った。

「はい。仲田殿の読みでは、嫌われ者の我が藩はまたいずれ転封されるはずです。そのときになってから慌てては遅いのです」

「また荷物を捨てさせられるのか」

鷹村が顔をしかめた。

「そもそも余計なものを買わねばよいのです。持ってきた荷物も広げるのではなく、箱に入れたままで使いましょう。さすればまた持ち運びやすいですからね」

春之介は言って、後ほど皆にもその旨を伝えた。

その後、春之介は日田の各所に人をやって検地を行い、中西に相談して年貢を少し下げた。借金まみれの松平家には収入はあればあるほどよかったが、かつて一揆の起こった土地ということもあり、藩の横暴には反発することだろう。まずは我慢し、庶民の心を安んじて、信頼関係を築くことだった。そのうえで国を平らかに治めつつ、開墾に励めばよい。

民と実際に交わるにあたり、気質や言葉の違いもあって馴染《なじ》むのにずいぶんと苦労したが、藩士一丸となって善政を敷いた。

合い言葉は「姫路の仲間を救え」である。武士を辞め、帰農して姫路で待っている者たちを一日でも早く藩に戻したい。日田にいる者よりももっと苦労しているだろう。そのことを考えると勤めにも力が入った。

春之介もあらゆる役の者を手伝って事に当たった。内部からは部屋割りに対する不満（多くは狭すぎるというものだった）も出たが、台所や厠《かわや》を共有にして作り替えるなどして、なんとか対処した。

家に帰ったら帰ったで、見たことのないような大きな油虫が出て肝を潰したが、それを退治するため、母の波津と於蘭が共闘し、そのことを通じてますます気心を通じたらしい。於蘭は早くに母を亡くしたため、波津といることが楽しいといつもいう。

春之介は内心、嫁と姑《しゅうとめ》のいさかいのようなものがあるかもしれないとも思っていたのだが杞憂《きゆう》だったようだ。

全ての者がどうやら落ち着いて暮らし始めたとき、ようやく春之介は正式に於蘭を娶った。春之介はそのだらしなさゆえに嫁が来ず、於蘭のほうは父の看病で行き遅れ、婚礼などあきらめていただけに、二人はなおさらうれしかった。

（板倉殿。於蘭殿は必ず私が幸せにして見せます）

春之介は父と並べて置いた板倉の位牌に手を合わせた。

祝言の夜、照れながらついに於蘭と布団の上で抱き合ったとき、枕元に大きな百足《むか》虫《で》が這《は》っているのを見て春之介は飛び上がった。

「母上、百足虫です！」

波津が寝間着のまま飛んできて、於蘭と共に大百足虫を退治し終えたとき、春之介の姿はなかった。

「春之介。どこです？」

「もういなくなりましたか？」

押し入れから小さな声がした。

「もういませんよ」

波津が押し入れを開けると、春之介は押し入れの中で青い顔をしていた。

「春之介。日田に来てもまだ引きこもるつもりですか」

「百足虫には毒があるのです！　知らないのですか」

「もう出て来ても大丈夫ですよ、春之介さま」

於蘭がくすくすと笑った。

（結局、私は格好がつかぬ）

春之介は頬を膨らませた。

十八　風雲

貞享《じょうきょう》三年（一六八六）、一月末。江戸――。

越前松平家が日田に移封となってから四年後、江戸城の片隅で宗心という表坊主がそっと聞き耳を立てていた。小納戸役柳沢吉保の、御用部屋の外の廊下である。

「国替えでございますか」

「ああ。上様には日田藩がよいとすすめたわ」

答えたのは吉保の声である。小納戸役は、若年寄の支配下で、将軍の身辺の雑務を担当する者だが、この美青年は将軍綱吉の大のお気に入りで、褥《しとね》を共にすることも多く、本丸では相当の権力を誇っている。しかし、美しい顔をして若衆（女役）だけでなく念者（男役）もこなすようで、今話している相手は男だが、どこか女のような艶《なま》めかしさがあった。

「日田藩というと、あの越前松平家の？」

「さよう。頃合いであろう。加増はつくそうだが」

「しかし、松平直矩はもう六度目の転封となりますよ」

「それがどうした」

「あっ！」

女形《おやま》の悲鳴のような短い叫びが聞こえた。吉保が強引に突き入れたのだろう。

「たびたびの国替えでは費えがかかりましょう。しかも行き先があの地となると、ほぼ日の本の端から端へ動くようなことに……。何故、直矩ばかりを転封させられるのですか」

「松平直矩のあの目……。気に入らなかったゆえな」

「目？」

「四年前、やつが城に参上したとき、わしを見た目よ。なぶるような目であったわ。汚らわしい。わしは上様の男ぞ。そのわしを、さもかわいがってやろうといった態度であったわ」

「上様のご寵愛《ちょうあい》を知らなかったのでしょうね」

「だからこそ思い知らせてやるのだ」

「あっ……。やめ……」

肉が肉を打つ重い音が続くと、宗心は足音も立てずに廊下を歩み去った。

江戸留守居役の仲田小兵衛が日田の地に来たのは、この年の二月であった。

松平直矩は今、交代で日田に帰っている。

「こたびの国替えをたくらんだのは柳沢吉保でございます」

「なんと……」

直矩は四年前に城で会った若武者の姿を思い出した。確かに息をのむような美しさであった。しかし見つめただけで怒りを買うとは、相当きつい気質であるらしい。

「そんなことでな……」

「そんなことで決まるのです、ご政道は。城内に隠密を放ち、探ってみると、ご公儀は既に腐りはてておりました。泰平が続きましたゆえでございましょう。もはやご政道は民のためではありません。重臣たちが動くのは、懐に入る金、あるいは地位に対する見栄や、他の者に対する嫉妬のみにございます」

「私欲まみれということか。歌舞伎の悪役のほうがまだかわいいのう」

芝居好きの直矩が言った。今は芝居よりさらに悪い事態が起こっている。

「さいわいいち早くに情報を摑《つか》むことはできました。ことに備えましょう」

「わかった。して、どうする」

「片桐春之介がおります。何か策を練っておりましょう」

「ほう、あやつか。ずいぶんと気の弱いような男であったが」

直矩は四年前の引っ越しについて説明に来たひょろりとした男を思い出した。

「あの者は内気でございましてな。前には書庫に引きこもり、かたつむりと呼ばれていました」

「かたつむりじゃと⁉ そのような者で大丈夫なのか」

「見かけがたくましい者だけが働くのではありません。むしろ影が薄く、いつも書物を読んでいるような者が知識を溜め、力を発揮することがあるのです。見た目で判断しては過ちをおかします」

「そうか。お主がそこまで言うか」

「はい。それにやつは追い込まれるとかたつむりのツノを出すのです」

小兵衛が微笑んだ。

その足で小兵衛は春之介の家を訪れた。庭には小さいながらも菜園ができており、幼子が遊んでいた。まだ足がおぼつかなく、転びそうになると、春之介が慌てて走ってきてその体を支える。

「おうい、片桐殿」

小兵衛が呼ぶと春之介は顔を上げた。

「おお、仲田殿！」

「その子はお主の？」

「ええ、私の子で春太郎《はるたろう》といいます。男子でございましてな」

春之介が恥ずかしそうに微笑んだ。

「これはめでたい。江戸勤めで不義理でござった。面目ない」

小兵衛が頭を下げた。

「お気になさらず。相変わらず勤めの忙しいことでしょう」

春之介は子供を抱き上げた。

「まさに、な」

小兵衛が頭をかいた。

「仲田殿が来られるとは、どういったご用でしょうか」

夕食を共にしながら、春之介は言った。於蘭は奥の部屋で春太郎を寝かしつけている。

「それがな。また国替えとなりそうなのだ」

小兵衛が深刻な顔をした。

「……行き先はどこですか」

春之介は箸を置いた。

「山形よ」

「山形、というと出羽《でわ》の？」

「さよう。あの山形だ」

「そんな……」

春之介は思わず虚空を見上げた。山形は江戸のはるか向こうの北国である。九州と真反対の位置にあると言ってよい。

「しかし加増はあるようだ」

小兵衛が慰めるように言った。

「だとしてもそのような遠方につつがなく引っ越しができるかどうか……。また金策せねばなりませんね。前の借財も返しておらぬというのに」

「片桐殿、落ち込むな。姫路に残してきた者を思い出せ」

「……そうでした」

　春之介は今も姫路で田畑を耕している者たちを思った。きっと今も春之介の迎えを待っているだろう。負けるわけにはいかない。

「引っ越しの準備は来たときから既にすませてあります。費用を作ることを考えましょう」

「そのことだがな、片桐殿。江戸藩邸に千五百両ほど蓄えがあるのだ」

「江戸に、そんなにあるのですか？　それはどこから借りられたのです」

「借りてはおらん。稼いだのじゃ」

　小兵衛は少し笑った。

「稼いだと申しますと？」

「お主がまとめてくれた、引っ越し作法があっただろう」

「はい。後の者に苦労をさせないため、引っ越しの手引きを細かなところまで作りました。あれはもっとも倹約のできる手はずかと」

「そうよ。あれの出来が大層よかった。他藩の留守居役に少し見せたら、ぜひ譲って欲しいとうるさくてな」

「確かにどの藩でも引っ越し作法は大体同じになりますが……」

「そこが目のつけどころだ。我らはたびたび国替えをさせられているが、経験のなかった藩が突然国替えを言い渡されることもあってな。そんなときにこれが重宝されるのだ。何せ商人との交渉の仕方から、物の捨て方、運搬人の選び方、城の受け渡し法まできっちり網羅され、わかりやすく書かれている。お主、さすがは書庫に住んでいただけあるのう。わしはこれを一部百両で売った。けして転売せぬという約束のもとにな」

「百両も！　そんなに高く売れるのですか」

「片桐殿。留守居役にとって情報は命よ。そして、また武器にもなる」

「そういうものですか……」

春之介は驚いた。形のない情報でも売ってしまうとはさすが小兵衛である。

「それでな片桐殿、わしはこの帳面を十五の藩に売った。何せ他の藩に引っ越し奉行はおらぬからな」

小兵衛が笑った。かつて、できそこないの片桐に押しつけた「引っ越し奉行」という役の力が、今や各藩の間で持てはやされているのである。

「ゆえに千五百両あるのだ、片桐殿。今後また買いたいという藩も現れるだろう」

「それだけあれば引っ越しの助けになります。日田にもいささか蓄えがありますゆえな」

「おお、参勤に来た者どもに聞いたぞ。この地でひたすら開墾に励んでいる、と。漁師の真似《まね》までしたそうではないか」

「はは、いや、お恥ずかしい」

夏の日、春之介は海岸に打ち上げられた鰯を藩を総動員して拾い集め、地元の商人や振売に下ろしたことがあった。別府の海は豊穣で、魚がたくさん獲《と》れる。ただで拾えるという鰯の噂《うわさ》を耳にした春之介は浜の漁師に聞いて回り、打ち上げられる日と時合いをさぐって待ち受けていたのである。儲けはわずかだが、藩士を遊ばせておくよりはいい。

中西も廻船問屋と組んで播磨《はりま》の酒を売り、少しずつ借りた金の返済をしていた。もっとも、藩に金を蓄えるのも忘れていない。いざ国替えとなったとき、金を借りるため頭を下げて回るつらさは身に沁《し》みている。

「それにしても山形は遠いのう」

小兵衛がつぶやいた。夕飯はとっくに冷えている。

春之介も、もう一度よく考えてみた。九州から海を渡り大坂へ行き、そこから江戸を経て、山形へ到る。江戸から山形までは、江戸から京へ行くのとさほど変わらない距離だ。気の遠くなるような旅路である。

それに、と春之介は思った。山形藩はかつて松平直矩の父、直基が四十年ほど前にいた土地である。元に戻すなら、動かさなければよいではないか――。

「一つ考えがあるのですが」

春之介は口を開いた。

「よい策があるのか」

小兵衛は期待をこめた目で春之介を見た。

「今年はちょうど参勤の年にござる。行列の態にてまずは江戸まで行ってはどうでしょうか」

「なるほど。大がかりに宿をおさえる手間を省けるな」

「はい。引っ越しをする藩士はそのまま江戸を抜け、山形に到るのです。参勤の者に手伝わせれば、荷物も多く運べますしな」

小兵衛が膝を叩いた。

「さすがは引っ越し奉行よ。うまい手を考えつく」

「それだけではありません。姫路の港に一度寄り、帰農している者の一部を山形に連れて行くのです」

「なに⁉」

「つまり加増された分、帰農した者を再び仕官させるのです。あれから四年。意外に早うございました」

「そうか。やはり戻したいか」

春之介は小兵衛の視線を感じた。藩としては再び藩士を抱えぬほうが知行を与えずに済む。しかし春之介は迷わなかった。

「山形は米がよくとれると聞きます。姫路で四年の間、百姓をした者を連れて行って師とし、荒地を開墾させれば、さらに石高も上がりましょう」

「ふふ、働かせおるわ。しかし徳川の血を引く者の家来が百姓の真似事とはのう」

「我らは元々鬼っ子ですぞ。独力でなんとかせねばなりません。それに、手持ちぶさたというのはつらいものです」

「昔のお主のようにか」

小兵衛がにこりと笑った。

「引っ越し奉行は厳しい勤めですが、やっているうちに楽しいこともでてきました。引きこもったままでは味わえぬものであったでしょう。やってみればなんとかなるものです」

「ご自分のことを小さく評価されていたらしいな。今では奉行の役にも負けぬ男になった……」

「それはどうかわかりませんが、人はやはり体を動かして働くのが一番なのです」

「そうだな、困難から逃げてはならぬ。殿にも姫路の者の再仕官を頼むことにしよう」

「はい」

春之介が微笑んだ。

「しかし片桐殿、働きすぎぬよう注意せい。もはや一人の体ではないのだから」

「ご心配かたじけのうございます」

嫁を娶り、子もできた春之介は、どこかどっしりとした落ち着きが出て来ている。

その夜、春之介は再びの引っ越しを於蘭に告げた。

当然手伝ってくれるものと思っていたのだが、於蘭は、

「私は行きません」

と、残念そうに言った。

「行かない？　どうして」

春之介は離縁でも言い渡されるのかと慌てた。

しかし於蘭はその手に抱いた春太郎を愛おしそうに眺めた。

「春太郎はまだ生まれて一年もたたないのですよ。とてもそんな旅はできません。せめてあともう一年待ってください」

「むむ、そうか……。確かにな」

「旦那さまならもう一人で大丈夫です。父として立派な旅立ちの姿を春太郎に見せてあげてください」

「よし。任せておけ」

春之介は胸を叩いた。


七月、春之介たち藩士一行は揃って出発し、日田を後にした。

於蘭は春太郎を抱いて見送ってくれたが、春之介はやはり後ろ髪を引かれた。一人になると、家族といる温かい団欒《だんらん》がいかにありがたかったかわかる。

「そう落ち込むな、春之介。これで羽を伸ばせるではないか」

鷹村がいやらしく笑いながら、どんと背中を叩いた。

「とんでもない。春太郎に何かあったらと思うと心が不安でいっぱいなのです」

「やれやれ。お主は本当に面白くないやつだのう」

「かまいません。それが私なのですから」

春之介は気を張って荷物を確認した。春太郎の前で胸を張るためにもきっちり勤めを果たさねばならない。

江戸に向かう一行の数はおよそ千五百人ほどである。藩士のうち千人はずっと江戸におり、姫路には帰農した五百人がいる。

「片桐、姫路で二百人もつけ加えたら路銀が尽きぬか？」

中西が聞いた。

加増は三万石であったため、合わせて十万石。姫路にいる五百人のうち、二百人を再仕官させる心づもりであった。

「ご存知の通り、武士の泊まる宿は高いのですが、姫路の組は夜、百姓の姿で安い木賃宿に泊めようと思いますので、さほど費用はかかりません」

「木賃宿か……。苦労をかけるな」

「山形に着きました折にはしっかりと報いてやりましょうぞ」

「うむ。まずは無事に行き着くことだな」

中西も顔を引き締めた。

一行は豊前の分間浦から船を連ねて姫路に向かった。四年前とは逆の航路である。

懐かしい御津の港が見えると春之介の胸にも深い感慨がわいた。

（そうだ、ここが故郷だ。私はこの地で育ったのだ）

そう思うと潮の匂いまでが独特なものに思えた。他の藩士たちの多くもそのような想いを抱いたようで、もう一度姫路城を見たいという者も多くいた。

「皆の者、今日はここに停泊する。明日一番で出立するぞ」

春之介の命に一同はわいた。まだ夕暮れまでに時はある。

城を見に行く者、馴染みだった食事処や店に行く者、はては妾の消息を確かめに行く者など、さまざまな者たちがいた。

春之介も城を見たい気がしたが、すでに引き渡したものであると見極めた。懐かしい書庫は心に、書物の全ては頭の中にある。

春之介は帰農した者たちが集まる村に行き、山形に連れて行く者を選抜した。呼ばれた者は港に行き、家老の本村が再仕官を言い渡す手はずになっている。藩主・松平直矩にはすでに許可をもらっていた。

本当に再び仕官させてもらえると思っていた者は多くなく、春之介の言葉を何度も確かめて確信すると、踊りあがって喜んだ。

「まことか……。まことか、かたつむり。い、いや、片桐殿！」

「まことです。こたびの移封で一緒に山形に行ってもらいます。しかし、我が藩には相変わらず蓄えがありません。あなたたちには道中、木賃宿に泊まってもらうことになるのですが……」

春之介は遠慮がちに言ったが、

「かまわぬ！　かまわぬとも」

と、みな喜びにあふれ、怒る者はいなかった。ある者に言わせると「今の掘っ立て小屋に比べれば木賃宿さえ立派だ」とのことである。

春之介は皆にそんなきつい生活をさせたのだと心をいためた。春之介たちとて、けして楽な生活ではなかったが、一応武士としての体面を保つことはできたのである。

しかし残された者たちは、そんなことよりも春之介が約束を守ったのがうれしかったらしい。今回残していく者たちも、選ばれなかったのは残念と思ったようだが、約束どおり春之介が迎えに来たのを見て、将来に希望が持てたようであった。

春之介は残りの者も必ず迎えに来ると心に誓った。

ただ、意外だったのは、このまま姫路で百姓として暮らしたいという者もいたことである。

「もうすっかり慣れてしまって。畑が子供のように思えます」

ある者は言った。また、高齢の者では姫路に骨を埋《うず》めたいという者もいた。そうなると春之介も無理に誘うことはできなかった。

再仕官する者を送り出すと、春之介は墓場に行った。この四年で武士に戻れぬまま亡くなった者もわずかにいる。

春之介は真新しい卒塔婆《そとば》に向かって手を合わせた。

(申し訳ありません。あなた方との約束を守れませんでした)

春之介は心の中で深く詫《わ》びた。きっと死んだときも失意のままだったことだろう。

墓参りを終えると、春之介は唇を嚙んで歩き出した。

今できることは残った者を藩に戻すことだけだ。

翌朝、姫路から再び船に乗り、大坂へと着いた。そこから江戸までは東海道を行くいつもの参勤の行路である。

一行は無事に進み、十二日後、峻険《しゅんけん》な箱根の関所についた。ここを抜ければもう江戸は近い。

しかしここで騒ぎが起こった。関所番の小田原藩の者が、あまりにも長すぎる行列を不審に思ったのである。

さっそく春之介が関所の役人との交渉役として呼ばれた。

「片桐殿、この行列は、七万石のものとしては長すぎるのではないですか。しかもその、異様な姿で……」

小田原藩の番頭が言った。常の参勤交代なら七万石の大名行列の規模はせいぜい五百人がよいところであろう。だが、目の前の松平家の行列はその倍以上の長さがある。しかも全員がかなりの荷物をしょっていた。鍋釜などの家財道具も積み荷の端からのぞいている。引っ越しする者の荷物の運搬を、参勤する者が手伝っているからであるが、不審に思われるのも致し方ない。

春之介は正直に話した。

「実は、この行列は我らの国替えも兼ねておるのです。三割が参勤であり、七割が引っ越しの者たちです」

「なんと……！　参勤と同時に国替えの引っ越しもされるのですか。なるほど、それであれらの荷物が……」

番頭は口を半開きにして皆が持っている荷物を見た。

「ご公儀に移動の届けは出してありますが、参勤と一緒に歩いてはいけませぬか？」

「いえ、いけないという決まりはないと思いますが……」

「ではよろしいでしょう」

春之介はにっこり笑った。

「はあ、そうですか……」

役人はしょうがないという様子で認めた。相手は由緒正しき松平家であるし、届けも出している。

ほっとした春之介が一行を通過させようとしたとき、荷物を調べていた関所の平番士が報告に来た。

「武具のほうですが、鉄砲、弓矢、槍の改めができません。すべて一つにまとめて入っておりまして……」

「えっ？　武具は書類で申告しているはずですが」

春之介は慌てて言った。

「いえ、それが武具だけはじかに見て改めることになっているのです」

「そうなのですか……」

春之介は内心しまったと思った。〈入り鉄砲に出女〉の言葉どおり、武具は細かく調べるらしい。春之介たちはほとんどの武具を姫路に残してきているがそれでも大名としての体裁を整えるため最低限必要な武器は運んでいる。

春之介は平番士と一緒に武具を積んだ荷車のところへ行った。男の言ったとおり、武具は大きな長持にまとめてある。

「これでは鉄砲の数を確認できません。全て取り出して数えていただけますか」

平番士が言ったとき、

「待て！」

と、鷹村が大きな声を上げた。

「御刀番はこの俺だ。数に偽りなどない。こんなところでちまちま改めておっては日が暮れるわ」

「しかし……」

平番士が困ったような顔をした。

鷹村の言ったことは重大な危機を秘めている。大人数での移動は宿の確保が肝であり、到着が遅れてしまうと、宿の支払いにも支障が出てしまう。

しかし春之介は微笑んだ。

「大丈夫です。さほど手間にはなりませんよ」

「なに？　武器の数は三百を超えるぞ」

「お忘れですか。数を確かめやすくするため、十個ずつ紐《ひも》でまとめていたことを」

「なに、そうだったか？」

鷹村が首をひねった。

「はい。十個ずつのものを数えれば改めるのも時がかかりません」

春之介は藩の中間たちに言いつけて、武具を取り出した。鉄砲、弓矢、槍がそれぞれ十個ずつの束になっている。ばらになっているのは端数だ。もちろん武具を使う機会はなかったので、姫路でまとめてからずっとそのままである。

「その束を横から見て数えてください。さすれば武器の数はすぐ確かめられるはずです」

「なるほど、これは便利な……」

平番士が感心したように言った。

まとめていたおかげで、武具の改めは半刻《はんとき》ほどで終わった。

番頭から許可が出て、一行は芦《あし》ノ湖《こ》をながめながらやれやれと関所を通過した。

「あんな風に十把一絡《ひとから》げにするとは、武士の魂をなんと心得ておる」

鷹村が怒ったような口ぶりで言った。

「関所に置いていくよりはよかったでしょう」

「まさかお主、そんなつもりだったのか？」

鷹村が目をむいた。

「時がかかりそうならもう関所に預けるつもりでした。どうせ我らは国替えが宿命。また引っ越しで関所を通ることもありましょうから」

「あきれたやつだな、お主は……」

鷹村が苦笑した。

江戸に着くと、藩主直矩と参勤組は江戸屋敷に入り、引っ越し組はそのまま日光街道へと向かう。山形への旅はまだ道半ばだ。

わずかの間に小兵衛と再会した春之介は、旅の苦労をねぎらわれた。

「まことにご苦労であった、片桐殿。しかし向こうに行かれたら寒さに気をつけられよ。北国の冬は厠が凍るという」

「百足虫の次は氷ですか……」

春之介は唇を尖《とが》らせた。

「しかしまあ、いろんなところへ行かされるのう」

小兵衛も嘆息した。

「まさに。山形の次は蝦夷《えぞ》にでも国替えされるかもしれませんね」

「江戸城には例の忍びを入れておる。何かわかり次第知らせるからな」

「それまでは開墾に励むしかありませんな」

「まことよ。もうあらゆるところから借り尽くしたわ」

小兵衛はあきらめたように笑った。借金はつもり、とても当代で返せる額ではない。

「仲田殿。いずれ国替えを止める手立てを何か考えねばなりませんな」

春之介は厳しい目をして言った。鬼っ子の越前松平家の不運をなんとか断つ必要がある。

越前松平家が一つ所に安住するには、将軍綱吉の熱い恩寵を受ける柳沢吉保をなんとかしなければならないということだ。

十九　引っ越し大名

江戸を出た春之介たちは、十日後、山形に着いた。

移封となった出羽山形藩は、保科正之が会津藩に移封されたあとすぐに、直矩の父の直基が治めた土地である。

しかし幕藩体制が確立するにつれ、いつしか山形藩は、失脚した幕閣たちの左遷の地となり、幕末までに譜代・親藩大名の領主が十二回も移封されてくることとなった。

当然の結果として藩政は不安定となる。領民は、目まぐるしく藩主が替わることに慣れ、中には今誰が治めているのか知らない者もあった。

春之介たちも、来た当初はこの地を治めるのに苦労した。年貢を低く抑えても、領民たちは「どうせすぐ殿さまは替わるのだから」と感謝もしないし、商人たちもどこか他人行儀である。

そこで春之介は地元の有力者たちを役人などに取り立て、領民の安寧を図った。民の全てを納得させるよりも、地元の頭目たちと親交を結び、藩の方針を伝えてもらうというやり方である。

同時に商人たちを城に呼び、中西ら勘定方と交易について大いに語らせた。金のこととなるとすぐに人間関係の垣根など越えてくるのが商人の性《さが》である。春之介たちはすでに播磨の酒の販売で樽廻船《たるかいせん》を使うことに慣れていたため、同じく北前船を使う山形の商人たちともよく通じ合うことができた。

山形に移ってから一年後、春之介は懐かしい顔を見ることができた。

城から帰ってみると、むさ苦しい武家長屋に於蘭がいたのである。

「於蘭！」

「静かに。ようやく寝たところなのですから」

小さな声で言う於蘭の手の中には、赤ん坊が抱かれていた。生まれたときはしわくちゃだったのに、今ではすっかり子供らしい顔となっている。

「春太郎。大きくなったのう……」

春之介は思わず、その柔らかい頬に触れた。とたんに春太郎は泣き出した。

「春之介さま、だから言いましたのに」

「よいよい。心地よい泣き声じゃ。今宵一晩、ずっとおぶってやるぞ」

春之介は春太郎を背負うと、あたりを歩き回ってその重さと声を確かめた。背中が熾火《おきび》のように温かかった。

「春太郎、ここはよいところだぞ」

春之介は上機嫌で言った。

山形藩は左遷地ではあったが、住むとなると気候もよく、とれる米もうまい。もっとも、冬の雪下ろしと、すぐ凍ってしまう厠《かわや》には難儀したのだが。

「片桐さま、大変でございます！」

そんな切迫した声が山形城の本丸に響いたのは、元禄五年（一六九二）、春のことであった。

別名「霞城《かじょう》」とも呼ばれる山形城には、文字通り春の霞がかかっており、幽玄な佇《たたず》まいを見せている。

春之介の御用部屋に駆け込んできたのは、側用人に就任したばかりの水谷新右衛門《みずたにしんえもん》であった。物覚えがよく、頭も回り、国家老の本村が下士から取り立てた男である。

姫路を出て以来、本村は実力のある者を探し、御役につけていた。

「片桐さま！　江戸より、移封の兆しありとの知らせが届きました」

「ほう、来ましたか」

報《しら》せを聞きながら、春之介は窓から見える屋根の裏に、ひよどりが巣をかけているのを眺め、目を細めていた。

「来ましたかって、驚かれないのですか」

「先代様以来、もうこれで七度目のお国替え。いいかげん飽きました」

春之介は肩をすくめた。

「飽きたとおっしゃられますか……」

「あなたは知っていますか。我が殿が昨今、江戸城中で、引っ越し大名などと陰口をたたかれていることを」

「そんな……」

水谷が唇を嚙《か》んだ。

「嘆かわしいことです。ま、ともかく、引っ越しはよいとして、問題は加増があるかどうか。そこのところは何か報告がありましたか」

春之介は新右衛門を見つめた。江戸留守居役の小兵衛の話によると、移封されるにしても何かしらの加増があるという読みである。加増されたとて、引っ越しに莫大《ばくだい》な費用がかかり、通算すれば財政が楽になるとは到底言えないが、石高が増えれば姫路に残した者たちを迎えに行くことができる。それは春之介の悲願であった。

「仲田殿からの報せによると、五万石の加増とのことです」

「よし！」

春之介は、ぱんと膝を打った。その音に驚いて、窓の外のひよどりが飛び立っていく。

「これで所領合わせて十五万石……。姫路にいたときと同じ陣容です」

「はい。姫路の皆様をようやく迎えに行けますね」

「して、移封の行き先はどこですか」

春之介が頭を忙しく働かせながら聞いた。

「移封先は陸奥《むつ》白河《しらかわ》藩とのことでございます」

「なんと。近いですね」

春之介は頭に絵図を描いた。山形の南、四十里（百六十キロ）ほどのところである。

「はい。同じ東北の地なれば移動の労もさほどありません」

「関所を通ることもないし、船も使わない」

「はっ」

「ふう……」

体の力が抜け、上体が揺らいだ。

「どうされましたか、片桐さま」

春之介はふっと笑った。

「何かこう、手応えがない」

「ええっ⁉」

「次は蝦夷か、はたまた四国かと思っていましたからね」

春之介はさまざまな手を考えていた。その中でも海路で行くにはいろいろな手法があったが、白河に行くには陸路のみでよい。海路での引っ越し法は小兵衛に頼んで他の大名にでも売るしかないだろう。

「そんな残念そうな顔をなさらなくとも」

「そうですね。近いのはいいことです」

春之介は気持ちを引き締めた。人事や城の引き渡しなど、やることは山ほどある。

水谷が再び口を開いた。

「片桐さま。我が藩は度重なる引っ越しで、借財がかなりあると思いますが、費用のほうは大丈夫にございましょうか」

「かまいません。借金も我が藩の財の一つなのですよ。金を借りるには信用がなければいけませんから」

「そうは言いましても……」

「確かに帳簿の上では大きな借財です。しかしそのぶん、私たちは船を使い、貿易で商人に儲《もう》けさせました。これは影の利益なのです。それに我らの借金は莫大すぎるゆえに、商人たちはまた金を貸さねばならぬのです」

「それはどういうことでございましょうか」

水谷が首をかしげた。借金が多い方が借金できるとは、いったいどういう了見なのだろうかと、疑っているのだろう。

「考えてみてください、水谷殿。我らが引っ越しの借金で立ちゆかなくなり、廃藩となったらどうなります。幕府の命令で借金はすべて棒引きとなりましょう。また、我らは腐っても松平家ゆえ、金を取り立て、家をつぶした張本人として商人たちが処刑されるかもしれません。そうなれば商人も大損。ゆえに商人たちは、我らに金を貸さねばならぬという理屈です」

「ひどい……。あ、いや、うまく商人を使われているということなのでしょうが」

「計算ずくではありません。いつの間にかそうなっていたのです。その場しのぎで金を借り、積もってみれば五万両。もはや互いに抜き差しなりません」

「ご、五万両⁉　そのようなこと、殿はご存じなのですか？」

水谷が気色ばんだ。藩の年貢のあがりではとても返していけない額である。

「知っているのはご家老と江戸留守居役、勘定奉行、そして私くらいでしょうね。初めは生きた心地もしませんでしたが、今はもう慣れました」

「そんな……。私は知りとうございませんでした」

「上役につくというのはそういうことですよ。ご家老の期待に応えられるよう精進してください」

春之介は立ち上がった。

「さあ、さっそく引っ越しの準備をしましょう。皆を中庭に集めてください」

「はっ」

水谷がさっと走って行った。藩は移封ばかりで落ち着きがなかったが、人材は順調に育ってきているようである。

もっとも、苦しいときにこそ、人というものは育ちやすいのかもしれないとも春之介は思う。


「皆の者、再びの引っ越しである！」

城の二の丸の前に集まった藩士たちを前にして、春之介が号令をかけた。

「おう！」

一同も高らかに答えた。この日のあることを皆が覚悟しており、ひるみはまったくない。越前松平家は姫路を出て以来、ずっと気を張っていた。姫路には一緒に連れて行くことができず帰農した仲間を残している。その苦労を思えば、安穏な日々を過ごしていいはずがない。今残っている藩士は皆、定住をしない旅人のようなものだった。各自引っ越しに備えて工夫を重ね、無駄なものは買わず、移動に備え足も鍛えている。

春之介たちは、いわば常に戦の状態であった。

春の終わりに幕府から正式な通達が来て、引っ越しは七月と決まった。城の引き渡しに必要となる絵図、郷村高帳の整理、武器の管理などは引っ越してきたときから用意ができている。

また、各家の荷物は最小限であり、引っ越してきたときから箱に入れられ、すぐに移動できるようになっていた。荷役の商人選定、御用商人からの借金も、引っ越し先が近いのですぐに終わった。手順に一寸の無駄もない。もはや越前松平家の藩士たちは引っ越しの達人となっていた。

江戸では、留守居役の小兵衛が、寄り合いの席で各藩から「また引っ越しか」と気の毒がられたが、「なあに、うちは引っ越し大名ですからな。全て手はずは整っております。危急の際は、我が藩秘伝の引っ越し作法を安値でお譲りしますよ」と逆に商いに結びつける始末であった。

藩の江戸屋敷には、他藩のそれよりもはるかに多くの藩士がいて自活している。江戸にいれば国替えがあっても暮らしに変わりはなく、藩主松平直矩も、めったに江戸から動かなかった。動くと金がかかる。一年おきの参勤交代は最小限の人数しか出さず、行列の駕籠《かご》には山形の名産品を積んで江戸で売り、江戸の浮世絵を買って帰って山形で利を上げた。

武士がこのようなことをするとはと嘆く者もいたが、全ては姫路にいる仲間を取り戻すためだと言って春之介は諫《いさ》めた。

七月二十七日、手はず通りに城を引き渡し、幕府からの上使の接待を終えた春之介はすぐに城を発《た》った。

傍らには母に手を引かれて歩く息子の春太郎がいる。

「これからどこへ行くの？」

不安げに尋ねた春太郎は、八つになっていた。

「国替えですよ」

於蘭が楽しげに答えた。

「国替えって？」

「つまりね、お引っ越し」

「なんだ、引っ越しかぁ」

春太郎は無邪気に笑った。

「どこまで行くの？」

「陸奥の白河というところです」

「白河……？」

春太郎にはそれがどこであるかわからなかったようで首をかしげた。

「なぁに、すぐそこの場所じゃ。春太郎、旅は楽しいのう」

　春之介が言った。

「うん」

　春太郎は元気よく答えた。

　春之介は息子の頭を柔らかに撫《な》でた。つらい引っ越しであっても、努力すれば楽しめる工夫もある。家族がそばにいればつらさも楽しさも分けあえる。

　しかし、春之介は考えていた。かつての石高を取り戻したからには、これ以上、引っ越しをさせられるわけにはいかない。

　そのためには入念に策を練る必要があった。

二十　邂逅

　陸奥白河で無事に城を受け取った春之介は、鷹村や中西に後を任せると、すぐに北前船に乗り、西へと向かった。

　北前船は出羽から米を運び、下関をまわって瀬戸内海にいたる船で、山形にいたときには大いに交易で使ったものである。船問屋とはかねてから昵懇《じっこん》にしているので船賃を取られることもない。

十八日後、春之介は姫路につくと、すぐに帰農組の山里一郎太のもとへ向かった。

山里は、かつて藩の優秀な寺社奉行支配吟味方改役であったが、春之介が肝いりで姫路に残した男である。

春之介が山里の畑に駆けつけると、百姓姿でよく日焼けした山里が白い歯を見せた。

お互いに歩み寄った春之介と山里は、しばし無言で見つめ合った。

「成りましたか」

山里がひと言聞いた。

「成りました」

それだけ春之介が答えると、山里の目から涙がこぼれ落ちた。

「よし……。よし！」

山里がつぶやく。その背に何人の苦しみを背負ってきたのか。

春之介は畑にひれ伏し、畝《うね》に頭がめり込むほど土下座した。

「ご苦労を……、ご苦労をおかけしました！」

春之介はそう言ったきり顔を上げられなかった。

「もういい。もういい、片桐殿」

山里が肩を叩《たた》いた。

「よくはありませぬ」

春之介も涙声になった。

「待つ苦労があれば、待たせる苦労もあります。あなたもつらかったでしょう、片桐殿」

山里が逆に、ねぎらうように言った。

「何を言われます！ 私はただ安穏に暮らし、子までもうけてしまい……」

「はっはっは、私もここで子を作っておりました。この畑はすっかりよい作物ができるようになりましたぞ。ほら、頭をお上げください。そこには種を植えますゆえな」

「しかし……」

「片桐殿。今度は畑の土の中に引きこもるおつもりですが」

「そ、それは……」

春之介はようやく頭を上げた。

「ふふ、一緒に飯でも食いましょう。いや、それよりもまず風呂かな」

山里が笑って、歩き出した。

この男の下に、まだ三百人の帰農した藩士が残っている。

　春之介から帰参の報がもたらされると、一同から大きな歓声が上がった。六年前、二百人の元藩士を復帰させ、約束を守った春之介であるから、それを頼りに皆はずっと待っていたのである。

「刀の差し方を覚えているでしょうな」

　珍しく春之介が冗談を言うと、

「オラ、忘れちまった！」

「クワのほうがええだ」

と、口々に笑いながら答えた。春之介は嬉《うれ》しかった。そのまま山里の家で酒宴を張ると春之介は浴びるほど飲んだ。

　この十年、一度も姫路に残した者たちのことを忘れたことはなかった。ときには酒をおくり、ときには藩士の者たちからの文を送った。離れても、ずっと仲間はつながっていた。

　姫路には土を耕すことが本当に好きになった四十人ほどが残ることになった。

　春之介は帰らなくていいのかと気遣ったが、

「なあに、五百人で耕した田畑を四十人で分けるんじゃ。たいした長者よ」

とのことであった。作物を育て、慈しむという行為に楽しみを見いだしており、土地の農家の娘を嫁にした者もいた。

そしてこの後も、墓守をしてくれるという。

春之介は帰農したまま武士に戻ることかなわず亡くなった少数の藩士たちの墓の前に行き、額ずいた。

（いつか私が死んだとき、きっとあの世で詫びまする。あなたがたのおかげで藩は救われたのです）

春之介は目を閉じたまま、一刻（約二時間）もそこを動かなかった。

翌日、春之介は帰農組を引き連れ大坂まで行き、今度は江戸に向かう樽廻船に乗った。十日ほどで江戸に着くと、春之介たちはすぐに藩の江戸屋敷へと向かった。

藩主、松平直矩は帰ってきた一人一人の手を取り、厚くねぎらった。

「よくやった。越前松平家によく帰ってきてくれた」

百姓のなりをして、船旅でさらに汚れてしまった元藩士たちは戸惑った。

「もったいない……。御手が汚れてしまいます」

帰農組の中には下士も多く、殿さまの顔など遠くからしか見たことないという者も少なくない。

だが直矩は「この汚れこそ、松平のために戦った証」と言い、全て再仕官させると約束した。

殿さまからの一筆をもらい、帰農組の皆が泣いた。

その後、直矩のはからいで武士の身支度が用意され、帰農組は風呂に入った。新しい着物に袖を通して髷を結い、月代を剃ってお互い立派になった顔を見て、皆は恥ずかしげに笑いあった。

百姓たちはようやく武士に戻ったのである。

二十一　白河の密談

姫路から連れ帰った藩士たちが陸奥白河に入り、皆で再会を喜び合ったあと、二年が過ぎた。

早馬で小兵衛が白河小《こ》峰《みね》城に駆けつけてきたのは、元禄七年（一六九四）十一月の夜であった。

春之介の顔を見るなり小兵衛は、

「ついに来たぞ。国替えだ」

と厳しく言った。

「やはり来ましたか」

「柳沢吉保め、あの妙な執念は消えなかったようだ。今度はもちろん加増もない」

「まったく厄介な者に見込まれてしまったね」

春之介はため息をついた。世の中には関わってしまっただけで負けという相手がたまにいる。柳沢吉保はその最たるものだった。

藩はようやく十五万石に戻り、藩士たちも白河に馴染《なじ》もうとしていた矢先である。

「どうする、片桐。奴に弱みはないぞ」

「力も金もあり、脅しも賄《まいない》も功を奏さない……。しかし私の考えるところ、柳沢さまに弱みはなくとも、別のところに攻めどころがあります」

「別のところ？　どういうことだ」

「かつて姫路城の書庫で読んだ杜甫《とほ》の詩にこう書かれていました。曰《いわ》く、『弓を挽《ひ》かんとせば当《まさ》に強きを挽くべし、人を射んとせば先《ま》ず馬を射よ』と」

「うむ、聞いたことがある」

「幸い我が藩の殿様は鷹狩《たかが》りや乗馬がお好きです。まずは馬を集めましょう」

「何を言っているのだ。よくわからぬ」

小兵衛が混乱したような顔で言った。

「つまりこうするのです」

春之介は小兵衛の耳に口を寄せた。

「ば、馬鹿な！　殿がそんなことをできるはずがない」

小兵衛が目をむいた。

「いえ、藩のため、やらねばなりませぬ。引っ越し奉行片桐春之介、最後の大仕掛けにございます。こたびばかりは引っ越しではなく、白河に居座るための策でございますが」

「むう……。確かにお主はこれまでの過酷な引っ越しをことごとくなしとげてきたからのう。賭けてみるか」

小兵衛が苦く笑った。

「小兵衛殿は我が殿に手はずを説明してください」

「わかった。ま、ああみえて殿も芝居好きだからな。ただ、しくじれば首が飛ぶやもしれぬ」

「私は殿さまを信じております。なにせ引っ越し大名と呼ばれても、笑ってやり過ごす胆力を持たれているお方ゆえ」

翌日から春之介らは藩総出で、あたりの土地に散らばる野良馬を捕らえ始めた。

「こんなに馬を集めてどうするおつもりです？　遠乗りのためなら牧にいるだけで間に合うておりますが」

驚いた馬廻役《うままわりやく》があわてて聞きに来たが、

「乗らずともよいのです。ただ集めているだけですから」

と、春之介は悠々と答えた。

また、馬がいなくなったと見ると、今度は山野にいる狐狸《こり》や猿、犬や猫までも捕らえ、城の中庭に設けた木の柵の中に放ち、ついに柵の中が獣でいっぱいになったとき、鷹村がやって来た。

「春之介、なんだこれは。狩りでもやろうというのか」

「引っ越しをやめる策です」

「は？　引っ越しと野良馬に何の関係がある？」

「それは……」

「それは？」

「言えません」

「なっ……。お前、俺に向かってその言い草は何だ？」

鷹村が怒気を発した。

「黙って見ていてください。わけを話すとあなたはすぐ態度に出ますから」

春之介がさらりと鷹村をかわした。

「なんだ、その馬鹿にしたような言い方は！」

「それはあなたの美徳だと言っているのです」

「どうもうさんくさいな」

「ほら、目付が来ましたよ。出迎えなければ」

「目付だと？」

春之介の指さす方向に、小峰城の藤門をくぐり、立派な羽織袴《はおりはかま》姿の武士たちがやって来るのが見えた。供の者を引き連れ、一団となって二の丸に歩いてくる。

春之介から知らせを受けていた国家老の本村が出て来て目付に応対した。

「ここが文にておしらせしたところです」

本村が目付たちに言った。

「なんと広大な……」

目付たちは驚きつつ、雑多な獣たちのいる柵を見た。隅には餌箱や水飲み場が設けられている。

「我らの考え、しかとおわかりでしょうか。のちほど馬の牧にもご案内致します」

「うむ。これは立派じゃのう。おそれいった」

年嵩《としかさ》の目付は顔をほころばせて答えた。

「さ、長旅でお疲れでしょう。城内にて茶でも」

本村は笑みを浮かべ、如才なく目付たちを本丸に案内した。

「おい、春之介。いったいあの目付はなんなのだ?」

「あとで説明します。この先は江戸の殿さまにお任せしましょう」

春之介は微笑《ほほえ》んだ。

十二月に入り、白河藩の江戸屋敷にいた松平直矩は、将軍の元に参上するようにという奉書を受け取った。

「いよいよ来たか。はたして思い通りに行くかどうか」

直矩は緊張して唾を一つ飲んだ。

「何度も練習されたので大丈夫です」

小兵衛が励ました。

「しかし、引っ越し奉行の策はいつも変わっておるのう」

「正攻法では柳沢吉保につぶされます。ここは片桐の策を信じましょう」

「さしずめ清水の舞台よ」

直矩はため息をつくと、大名駕籠に乗り、江戸屋敷を発った。

伺候席で待っていた直矩は、午後になるとようやく黒書院に通された。松の廊下を渡る足がおのずと震えてくる。登城したあとは、誰も供の者はつかない。直矩ただ一人で行かねばならなかった。

（思えばわしの生涯は引っ越しばかりであったわ。こたびまた国替えを言いつけられれば八度目の引っ越し。そうなれば借金を末代まで残すことになる）

直矩は唇を引き結んだ。幼い日、国替えの駕籠に揺られ続けていた日々を思い出す。我が子、基知《もとちか》にはあのような思いをさせたくない。

「入れ」

書院の手前でそう言ったのは、片時も将軍の側を離れずにいる柳沢吉保だった。

この美男こそが、越前松平家を翻弄した元凶でもある。

（やはり凛《りん》として美しいのう）

いけないと思いながらも、ついつい直矩は胸の高鳴りを止められなかった。あまりにも妖艶な男である。好きな男に秋波を送れないのがつらかった。

（意識してはならぬ。かつてこの吉保に色目を使ってしまったのが、しくじりであったのだから）

直矩は必死に冷静を装った。

大名や政のありさまを解説した土芥寇讎記《どかいこうしゅうき》によると、直矩の評として〈美小人を愛せらること、この体の事は非とすべからず。聖人にも一失あり〉とある。この殿さまの美男子好きはいかんともしがたいらしい。

直矩は視線を横にねじ曲げ、吉保に頭を下げた。

「この直矩、十年前よりずっと反省しております る」

「反省？　何をだ」

吉保が冷たく言った。

「はっ。やはりよいのは念者より若衆……。勘違いをしておりました」

直矩は弾むような声で言った。つまり衆道において、男役より女役がいいと言ってのけたのである。

「お主、その体で若衆などと……」

吉保があんぐりと口を開けた。直矩は武者らしい顔つきで体も大きい。

「一度、試されますか？」

直矩は好きな歌舞伎の女形《おやま》の芝居を真似《まね》てしなをつくって見せた。

「愚か者！　気味が悪い。さっさと御目見得せよ。上様に無礼あればただではすまさぬぞ」

「はっ」

直矩はもう一度頭を下げると、上様の御前へと向かった。

（片桐め、こんなことをさせおって！）

直矩は唇を噛んだ。


黒書院に入り、奥に進んで座していると、御簾《みす》の向こうに気配がした。

「松平直矩、面をあげい」

五代将軍徳川綱吉の声である。やや甲高く、かなりゆっくりとした話し方だった。

直矩は声もなく顔を上げた。上様に対して声を発することなど、おそれ多いことである。

「直矩。実はな、またお主の藩には国替えを命じようと思っておった。譜代の大名には国の要所要所を固めてもらわねばならぬ」

直矩はさらに頭を深く下げた。やはり江戸城に放った忍びの情報通り、移封されようとしていたのだ。

「しかし五日前、犬目付《いぬ》から報せが来てのう。お主、白河でおかしなことをやっているそうだな」

「……」

「よい。じかに答えよ」

「はっ」

直矩は軽く咳払《せきばら》いをして、声を出した。

「おそれながら、白河の山谷には野生の馬や狐狸、犬や猫など多くの獣がおります。しかしこのところ飢饉《ききん》があり、山に食べるものもなく、人里に降りてきて、田畑を荒らすようになりました。それでは民も獣も守れませぬ。そこで、柵にて獣を囲って餌をやり、ゆるりと暮らさせることにしたのです」

「うむ。よい考えじゃ」

綱吉の声が弾んだ。

「その方、余の触れをよく理解しておるようじゃの」

「はっ。拙者は昔から獣が好きでございまして、特に犬は友のように思うております。

生類を憐《あわ》れむという上様のお達し、まさに心に響きました。しかしながら、我らが再び国替えとなると、あの獣たちを打ち捨てて行かねばなりませぬ。獣たちはその土地のものしか口に合わず、また気候が変われば死ぬものもおりますゆえ……。それでお目付にご相談したのです」

直矩はひと息に言った。

〈生類憐みの令〉は貞享四年（一六八七）から、生き物の殺生を禁止するようになった。保護の対象は犬、猫、鳥、魚類、貝類、虫類などにまで及び、殺生や迫害を禁じられた。しかし当初は守らぬ者も多かったため、ついに綱吉は犬目付の職を設けて、生き物への虐待を厳しく取り締まった。

これは将軍綱吉が丙戌《ひのえいぬ》年生まれのため、特に犬を保護したということもある。

直矩は固唾をのんで上様の次の言葉を待った。

しかし綱吉からはしばらく返事がなかった。ただ、御簾の向こうから強い視線を感じる。

その無言の時は恒久のようにも感じられた。

「直矩」

ようやく綱吉が口を開いた。

「こたびの国替えはやめにする。獣たちの面倒、しかと見よ」

「はあっ」

直矩は頭を畳にすりつけた。

(片桐め、やりよったわ!)

直矩の心は浮き立った。

春之介は綱吉が発した〈生類憐みの令〉を逆用し、越前松平家が国替えとなれば保護した獣たちが死ぬという状態に持ち込んだのである。もちろん、藩としては獣を憐れむという体裁であり、犬目付を呼んで、しっかりとその姿勢を見せた。

直矩がずっと頭を畳につけていると、いつのまにか綱吉は席を立ったようで、いなくなっていた。

「下がられい」

後ろから吉保の声がした。

直矩は立ち上がり、しびれた足でゆっくりと歩いた。ふわふわとしてどこか夢心地である。あの引っ越し奉行は見事、八度目の国替えを食い止めたのだ。

黒書院の外には吉保が控えていた。

「国替えはとりやめとなったというのはまことか」

吉保が聞いた。きっと先に退出した綱吉から告げられたのだろう。

「はい。そのような御沙汰になり申した」

「なぜ上様はお気が変わられたのだ」

吉保は苛立《いらだ》った声で聞いた。

「はっ。引っ越しばかりの我らを憐れまれたのかもしれませぬ」

「なに……？」

「これにて御免」

直矩は逃げるように廊下を歩み去った。


「うまくいったぞ」

江戸屋敷に帰った直矩は広間の畳に倒れ込んだ。

「片桐の策、見事当たったのですな？」

小兵衛が直矩を支えながら言った
「国に帰ったら褒めて遣わす」

「はっ。上様も生類憐れみの令を自らお破りになることはできますまい。柳沢吉保に弱みはありませんでしたが、上様にはあったのです」

小兵衛がにやりと笑った。

「ふふ。将を射んと欲すればまず馬を射よ、か。だが、本当に馬を集めるとはのう」

ようやく座布団の上にあぐらをかいた直矩がおかしそうに言った。

「獣のおかげで救われたわ。しかし吉保はこれで忘れてくれるのかどうか……」

「なかなかに妄執は消えぬと思いますが、幸い吉保は今月、老中格となりました。そこまで出世すれば、無茶もしますまい。これからは老中同士の足の引っ張り合いになるでしょうからな」

「忙しいことよ。しかしあの男、わしが若衆になりたいと言ったら、眉をひそめておったわ。馬鹿馬鹿しくもなったであろうの」

「それも片桐の策にございます。悪しき敵とは戦わず、敬遠するが一番と申しておりました」

「とんでもないことを言わせおって……。だがともかく国替えはなくなった。早く国元へ知らせてやれ」

「はっ。皆、首を長くして待っておりましょう」

小兵衛が素早く立ち上がった。

報せは飛脚ですぐ白河へ届き、春之介は皆を二の丸の前に集めて言った。

「国替えは取りやめになりました。ついに我が藩の戦は終わったのです。ご苦労さまでございました」

「ほんとか？」

「やった！」

「これでやっと落ち着けるぞ！」

一同が口々に歓声をあげた。

そこには勘定奉行の中西の顔があった。国家老の本村も、鷹村も、姫路で苦労した山里一郎太もいた。

柵の獣がいる限り、もう藩の国替えはない。

越前松平家はようやく安住の地に辿《たど》り着いたのである。

「ついにやりとげたな、春之介！」

鷹村が思い切り春之介の背中を叩いた。

「痛い……。あなたはどうしてそう乱暴なのですか」

「於蘭殿も喜ぶだろう。皆もようやく長年の荷をほどけるしな。しかし、この糞の匂いはなんとかならぬのか？」

鷹村は中庭に設けられた獣たちの柵を見た。

「あの者たちは我が藩の功労者です。礼を言わねばなりません」

春之介が頭を下げると、それに応えるように野良馬の一匹がいなないた。

あたりが祝福の輪に包まれる中、春之介の後ろから、しゃがれた声がした。

「おい、引っ越し奉行」

「はい？」

振り返ると次席家老の藤原がいた。相変わらず不機嫌そうな顔をしている。

「あの、私はまた何かそそうをしてしまったでしょうか」

春之介が不安げに聞くと、藤原はいきなり頭を下げた。

「ふ、藤原さま！」

「片桐、見事であった。お主には参ったわ」

「あ、あの、それは藤原殿のご協力もあり……」

「当たり前よ。わしも松平家の一人であったゆえな」

藤原は頭を上げると、またいつものように威張った。

「何故に『あった』と昔のことのように仰せられますか？」

奇妙に思った春之介が聞いた。

「わしはな、そろそろ隠居しようと思っておる」

「ええっ？　それは急な……」

驚いて春之介は藤原を見た。すると確かにかつてより腰も折れ、髪も完全に白くなり、一回り小さくなったようにも思える。そろそろ、そういう年ということなのか。

気づいてみれば春之介も、もはや藩では中堅以上の年齢である。

「ついては片桐。お主が次席家老をやれ」

「は？」

春之介は突然のことに言葉を失った。

「我が藩にはもう引っ越しはないのであろう？　となるとお主には新しい役目が必要だ」

「しかし私が次席家老などとはあまりにも……」

「不平を言う者はおらん。まわりを見てみるがよい」

春之介が振り返ると、皆がこちらを見ていた。誰も異を唱える者はいない。

最前列にいた中西が微笑んで言った。

「そうだな。お主は賄い方から農作業まで藩の全てを知っておる。まさに適役よ」

「しかし……」

「ご家老からは許可を得ておる。今度はわしが引きこもる番じゃ」

藤原の目がかすかに笑った。

「わかりました。お受けいたします」

春之介が頭を下げると、皆からの手荒い祝福が待っていた。背中や頭を無闇に叩かれる。しかしそれは心地よい痛みだった。かつて、かたつむりと言われた自分が、今や皆とつながっている。

(そうか。私が外に出てからは、皆が身近にいたのだ)

春之介は思った。たびたびの引っ越しで在所はいくたびも変われど、仲間がいればそこが家であり、ふるさとであった。

夜、家に帰った春之介はさっそく母に出世を報告した。

しかし母の返答は、

「あらそう」

と、そっけないものだった。

「あまり喜んで頂けないのですね、母上」

褒められると思っていた春之介は若干気落ちして聞いた。

「春之介。私が息子の出世だけを喜ぶと思っていましたか」

波津が柔和な目で春之介を見つめた。

「あなたが引っ越し奉行として、一歩外に踏み出した日……。あの日から私はずっと親として幸せでした。成功しても失敗してもいいのです。ちゃんと世に立ち向かってくれたのですから」

「母上……」

春之介の目が潤んだ。書庫にこもっていたときは、世の中が恐ろしかった。だが、そのことでずっと母を心配させていたのである。

「冥土のお父様もきっと喜んでおられます」

「母上。勇をふるって外に出てみれば、人は意外に恐ろしくありませんでした。私は馬鹿みたいに疑ってかかっていたのでしょうね」

春之介は涙をぬぐった。

「父上！」

次の間から春太郎の声がした。

「おお、春太郎。起きていたか」

「なんで泣いているの？　悲しいの？」

「いや、嬉しくて泣いているのだ、春太郎」

春之介は息子に向かって微笑んだ。

「父上は大きなお手柄をたて、出世なされたのですよ」

春太郎の頭を撫でながら於蘭が言った。

「すごいね。どうしたら手柄を立てられるの？」

春太郎の澄んだ瞳が春之介を見上げた。

「まずは勉学をするのだ、春太郎。そして力をつけて、人のために勤めよ。それが手柄になる。父はな、かつて自分のことが嫌いだった。しかし勇をふるい外に出て、人の役に立てたとき、ようやく己のことを好きになれたのだ。春太郎、お前も勉学をして、人の役に立て」

「はい、父上！」

春太郎が笑顔を見せた。

「春之介さま。お勤め、本当にご苦労さまでございました」

於蘭が言った。

「於蘭、お前がいなければ私なぞ何もできなかった」

「いえ、これが春之介さまの真の力にございます。私はおそばにいただけ……」

「於蘭。私の手柄は於蘭の手柄だ。姫路を出るときに思った通りだ。お前は見事役に立って見せてくれた」

春之介の言葉を聞き、於蘭はうつむいて肩をふるわせた。

「泣くな、於蘭。私はそなたの笑顔を見たくて引っ越し奉行の務めをやり通したのだぞ」

「はい」

於蘭は涙を拭いて、恥ずかしそうに笑顔を浮かべた。

それは出会ったときと変わらぬ清楚《せいそ》な笑顔だった。

「ところで春之介。せっかく俸禄があがったのだから広い家に引っ越しをしましょう」

波津が弾むように言った。

「えっ、引っ越し？」

「差配は慣れているでしょう？　さっそく荷物をまとめなさい」

波津は部屋の押し入れを開けた。すると中には乱雑に多くの物が置かれていた。

「な、なんですか、これは！」

春之介は驚いて悲鳴を上げた。

波津は懐かしそうに、それらの物をいちいち取り上げて言った。

「これはお前の父が戯れに描いた絵、こっちはお前が初めて使った御虎子《おまる》……」

「がらくたばかりじゃないですか！　こんなもの、皆に知れたら切腹ものですよ」

多くの家臣に荷物を捨てさせながら、肝心のわが家にはいらない物があふれていた。

春之介は他人の面倒を見るのが精一杯で、自分の家のことはすっかり母任せにしていたが、まさかこんなことになっているとは夢にも思わなかった。

早くどこかに捨てねばと春之介が焦ったとき、

「おい、春之介！　いるか？」

と鷹村が声をかけ、ずかずかと入ってきた。

「あっ、ここは見ないでください！」

「なんだこりゃ⁉」

押し入れのがらくたを見て、鷹村は目を丸くした。

「ええと、これは雪舟《せっしゅう》の絵、こっちは左甚五郎《ひだりじんごろう》の木箱の彫刻でして……」

「これが彫刻だって？　ひどく汚れているぞ」

「知りません！」

春之介はがらくたをひっつかむと、素早く押し入れに閉じこもった。

「おいっ、出てこい！」

「嫌です！」

「またかたつむりに戻るつもりか！」

「早く帰ってください！」

乱雑な押し入れを見て春之介は決意した。

藩士の皆にまた、無駄な物を持たせてやろう、と。


（了）

【参考文献リスト】

白峰旬
『江戸大名のお引っ越し』
（新人物往来社）

日比佳代子
〈研究報告〉
『転封実現過程に関する基礎的考察―
延享四年内藤藩の磐城平・延岡引越を素材として―』
（明治大学博物館研究報告 第一六号二〇一一年三月）

本書は、『ランティエ』二〇一六年二月号から四月号に掲載された連載を、大幅に加筆修正したものです。

時代小説文庫
と6-2

引《ひ》っ越《こ》し大《だい》名《みょう》三《さん》千《ぜん》里《り》

著者　土橋《どばし》章《あき》宏《ひろ》
2016年5月18日第一刷発行

発行者　角川春樹

発行所　株式会社 角川春樹事務所
〒102-0074 東京都千代田区九段南2-1-30 イタリア文化会館

電話　03(3263)5247[編集]　03(3263)5881[営業]

印刷・製本　中央精版印刷株式会社

フォーマット・デザイン＆シンボルマーク　芦澤泰偉

ISBN978-4-7584-4001-1 C0193

http://www.kadokawaharuki.co.jp/[営業]
fanmail@kadokawaharuki.co.jp[編集]　ご意見・ご感想をお寄せください。

書き下ろし
剣客太平記
岡本さとる

直心影流の道場を構える峡竜蔵に、ひと回り以上も年の離れた中年男が入門希望に現れた。彼は、兄の敵を討ちたいと願う男を連れてきて、竜蔵は剣術指南を引き受けることになるのだが……。感動の時代長篇。

書き下ろし
夜鳴き蟬　剣客太平記
岡本さとる

大目付・佐原信濃守康秀の側用人を務める眞壁清十郎と親しくなった竜蔵。ある日、密命を帯びて出かける清十郎を見つけ、後を追った竜蔵はそこで凄腕の浪人と遭遇する……。シリーズ第二弾。

書き下ろし
いもうと　剣客太平記
岡本さとる

弟子たちと名残の桜を楽しんでいた竜蔵は、以前窮地を救った女易者・お辰と偶然再会する。その後、竜蔵の亡き父・虎蔵の娘であると告白される。周囲が動揺するなか、お辰に危機が……。シリーズ第三弾。

書き下ろし
恋わずらい　剣客太平記
岡本さとる

町で美人と評判の伊勢屋と川津屋の娘が、破落戸に絡まれていた。そこへ偶然通りがかった竜蔵の弟子・新吾に助けられた娘たちは、揃って一目惚れし、恋煩いで寝込んでしまう。シリーズ第四弾。

書き下ろし
喧嘩名人　剣客太平記
岡本さとる

口入屋と金貸し両一家の喧嘩の仲裁を頼まれ、誰も傷つけることなく間を取り持った竜蔵。その雄姿に感服した若者・万吉が、竜蔵に相談を持ちこんできた。真の男の強さを問う、シリーズ第五弾。